Le Rire des autres

EMMA THOLOZAN

Le Rire des autres

ROMAN

DENOËL

« Jadis, ils avaient eu au moins
la frénésie d'avoir. »

Georges Perec, *Les Choses*

1

C'était l'époque où je cherchais du travail. Ou, plutôt, le moment où j'en ai trouvé un. Avec l'arrêt des études, plus de bourse. Sitôt mon diplôme récupéré, je m'étais dirigée vers Pôle emploi. Sans réfléchir. J'avais suivi la cohorte. Tout le monde savait que c'était un passage obligé après le master.

Ça faisait quelques semaines que j'attendais le prochain rendez-vous. L'œil toujours fixé sur le téléphone. L'oreille tendue au cas où l'appel retentirait. Le fameux, libérateur, salvateur même ! Mais chez moi, ça ne sonnait jamais. L'écran restait noir. Finalement, une employée m'avait contactée. Je devais y retourner pour rencontrer ma nouvelle conseillère.

Je me suis levée tôt, je voulais arriver à l'agence avant l'ouverture. Sur place, j'ai constaté qu'on était beaucoup à avoir eu la même idée. Les grands esprits ! La file s'étendait jusqu'à l'angle de la rue. L'homme derrière moi s'adressait à un ami : « Sur mon CV, j'ai mis "maîtrise de Facebook" pour montrer que je m'y connaissais en informatique, j'ai bien fait, non ? » Une certaine fébrilité zébrait l'air. De temps à autre, quelqu'un se hissait sur la pointe des pieds, sortait sa tête du rang pour voir par-dessus les autres crânes si le rideau métallique montait enfin. On se serait cru devant un centre commercial le premier jour des soldes. Peut-être que certains allaient se jeter sous les grilles. Entre les clopes sur lesquelles on tirait avec avidité et les pochettes en carton qui contenaient nos dossiers, on se demandait où pouvait bien se planquer le plein emploi. Maintenant, il fallait tout un arsenal pour espérer obtenir un job. Photocopie de la carte d'identité, photocopie de l'attestation de logement, photocopie du certificat de participation à la journée de citoyenneté, photocopie des diplômes. Des dizaines de feuilles en veux-tu en voilà pour la seule possibilité du peut-être, la virtualité du si jamais j'ai de la chance. On s'y accrochait tous, alors tant pis pour les arbres.

Le rideau a percé le silence de sa mécanique enrayée. Même lui était las. Personne n'a rampé en dessous pour rejoindre la salle le premier, mais on a quand même joué des coudes.

J'ai pris un ticket. Numéro 56. Patience. Jambes qui lancent. Impatience. Plein de chiffres qui défilent, jamais le mien. Faut dire qu'on était vraiment toute une ribambelle. La farandole des miséreux. On se conformait presque tous à la même attitude, le regard fixé sur nos baskets en toile. On se toisait en silence, discrètement. Depuis combien de temps il cherche, lui ? Et celle-là, est-ce qu'elle est en fin de droits ? L'ancienneté se mesurait surtout au degré d'inclinaison du corps. Les petits nouveaux paraissaient toujours les plus embarrassés. Le dos voûté, repliés sur eux-mêmes. Dépités d'être là. Avec l'expérience, la colonne vertébrale se redressait. C'est pas parce qu'on est au chômage qu'on ne peut pas être fier. On les reconnaissait à ça, les vieux de la vieille. Décontraction à son apogée. Ils appelaient les dames de l'accueil par leur prénom, s'inquiétaient de la santé de leurs enfants. Mais jamais de paroles échangées avec les autres demandeurs. C'était une règle tacite.

La salle regorgeait d'affiches. Dessus, des personnes avaient l'air très heureuses de travailler trente-cinq heures par semaine pour un salaire de misère. Je regardais cet étalage d'optimisme avec un mélange de dégoût et d'espoir. Numéro 56 : c'était à moi.

Dans le bureau, j'ai découvert Marjorie, ma nouvelle conseillère. Elle s'est présentée. Elle était là pour mon bien. Ensemble, on allait y arriver. C'était une petite dame à l'allure de bouledogue français, grosses lunettes aux verres épais et cheveux coupés droit. Elle suffoquait dans son chemisier fleuri : apparemment, la climatisation était en panne, si tant est qu'elle ait fonctionné un jour. Marjorie est entrée dans le vif du sujet. Il fallait recommencer le dossier depuis le début. Je lui ai tendu le bout de papier sur lequel figurait en gras la mention très bien. Elle l'a retourné plusieurs fois. La face qui se décompose. Mine dubitative. « La philo... » Elle n'a pas terminé sa phrase. Puisqu'elle me voyait ici, elle en déduisait que j'avais renoncé à l'enseignement. Elle m'a demandé si j'avais des compétences particulières. J'étais spécialiste de l'ontologie contemporaine, mémoire de cent cinquante pages à l'appui. En plus, je connaissais par cœur les dix premiers axiomes de l'*Éthique* de Spinoza. Un peu gênée, Marjorie a coché la case « aucune compétence particulière ». Les tap-tap du clavier devenaient frénétiques. Elle a soupiré, frotté ses lunettes. Éclaircissement de voix.

Raclement de gorge. Elle déployait une énergie folle pour chercher un poste qui ne nécessitait aucune compétence. La tâche était ardue. Ses doigts pianotaient à une vitesse impressionnante, une virtuose, les cliquetis aussi élaborés qu'une sonate. Après ces longues minutes de concert, elle a soufflé de satisfaction. Marjorie a pris un stylo Bic : « Présentez-vous demain, à 9 heures, à l'adresse indiquée – elle me tendait une feuille recouverte d'une écriture appliquée –, ça devrait faire l'affaire. Ce sera difficile, mais au moins vous serez payée. » Ensuite, elle a débité plein de mots compliqués sur la conjoncture économique, comme « saturation du marché de l'emploi », « compétitivité », « productivité exponentielle ». Je sentais bien qu'elle souhaitait que je réagisse, mais la seule réplique que j'aie trouvée était une citation de Sénèque : « Ce n'est pas parce que les choses sont difficiles que nous n'osons pas, c'est parce que nous n'osons pas qu'elles sont difficiles. » Grand silence. Immédiatement, le sentiment de honte a suivi. Ringarde, je me suis dit. Pédante. Mais à Marjorie, ça lui a plu. Ses yeux se sont éclairés d'une jolie lueur. Elle m'a demandé qui avait écrit cette phrase : un vieil homme qu'on a forcé à s'ouvrir les veines.

J'ai quitté le bureau sans même regarder la feuille que Marjorie m'avait remise. C'est seulement un peu plus tard, dans la rue, que je l'ai dépliée. Chauffeuse de salle. Un grand courant d'air a sifflé entre mes deux oreilles : j'ignorais ce que cela signifiait. Peu importe, j'avais un travail. En tout cas, ils devaient me prendre à l'essai. J'ai appelé mon père pour lui annoncer la nouvelle. Il s'est montré très content. Il a voulu savoir quel job j'avais décroché. Quand j'ai prononcé l'intitulé du poste, il s'est inquiété :

— C'est pas porno, au moins ?

— Non, enfin, je crois pas...

— Ah bon, super alors ! Et donc, tu seras payée ?

— Oui, j'espère.

— C'est formidable, Anna, bravo ! On pourrait fêter ça ? Je vais faire des crêpes !

Il ne m'a pas laissé le choix : en arrière-plan, je l'entendais déjà s'affairer à la préparation de la pâte.

— Et toi, papa, comment ça va ?

— La routine... Bon, t'arrives à quelle heure ? J'ai hâte.

*

Le soir même, Sophie organisait une fête. Je ne sais pas trop ce qu'on célébrait. La fin de quelque chose, sûrement. Je n'avais pas envie de m'y rendre et de me retrouver dans un appartement rempli d'une bande de dégénérés en pull à col roulé noir, porté malgré les trente-cinq degrés en extérieur pour plus de sérieux et de crédibilité. Excités par l'alcool. Secoués d'hormones. Les pupilles dilatées de bonheur. Platon, Kant, Deleuze et la French Theory : tout allait y passer, pour sûr. J'avais promis pourtant, alors j'y suis allée.

Robe. Rouge à lèvres. Métro. J'ai interphoné, escalié, bisé. La chaleur était étouffante. Fin juillet. À travers les vapeurs de rhum et les volutes de fumée qui embrumaient la pièce, j'ai aperçu le sourire de Sophie.

— C'est pas trop tôt ! On n'attendait plus que toi.

— Désolée, j'étais avec mon père...

— Et tu ne nous as pas rapporté de crêpes ?

Une goutte de sueur a perlé sur mon front, je l'ai épongée avec une serviette en papier et je suis immédiatement allée me chercher un verre. J'ai discuté avec les autres. Chacun avait fait la même chose cette semaine-là. Pôle emploi était sur toutes les lèvres. Déprimant. Mais, avec charme, on en rigolait. Élégance du désespoir. Et puis la solidarité des perdus. On se touchait l'épaule. On se réconfortait comme on pouvait. Frères et sœurs de bancs de bois durs qui font mal au dos. Trois heures de cours par semaine à essayer de comprendre les synthèses disjonctives nous avaient donné l'illusion d'être devenus une famille. Alors, comme en famille, on prenait des nouvelles de chacun. Élodie s'était inscrite sur un site de garde d'enfants, Mehdi avait un entretien pour travailler dans un fast-food.

— T'étais pas communiste, toi ?

— Oh bah, faut bien manger.

Touché. Pour tous, l'horizon était fait de petits boulots, mais ça nous convenait. La philo nous avait appris à mépriser les biens matériels. Chaque année, pour mon anniversaire, mon père se creusait la tête. Une belle montre ? Une nouvelle paire de chaussures ? Mais non, papa, tu sais bien, je n'ai pas besoin de ça. Offre-moi des livres, des livres et encore des livres. C'est plus pur. Tout plutôt que devenir esclave du capital ! On se gargarisait de notre grandeur d'âme, même si c'était pour retourner des steaks hachés sur une plancha. Moi, je ne disais rien. Je n'ai pas parlé de la perspective de chauffer des salles. J'ai la pudeur facile, l'étalage compliqué. Je préférais écouter. Entre deux verres, Sophie m'a agrippée.

— Dis, Anna, tu crois que tu pourrais m'aider à réviser pour le CAPES ? Me faire réciter les cours, tout ça ?

Elle débordait d'enthousiasme, comme une petite fille qui entre à la grande école. Je me suis sentie obligée de la mettre en garde.

— T'es sûre que c'est une bonne idée ? Tu vas être envoyée n'importe où en France. T'auras un emploi du temps horrible avec une tonne de copies à corriger toutes les semaines. Il paraît même que, parfois, ils te paient avec un retard de trois mois.

— T'es toujours défaitiste. Et la joie de transmettre, t'y as pensé ? Le bonheur de voir des lycéens s'épanouir ? Et puis de toute manière, je sais rien faire d'autre...

J'ai pensé à la phrase de Malraux : « L'amitié, ce n'est pas d'être avec ses amis quand ils ont raison, c'est d'être avec eux même quand ils ont tort. » Si Sophie avait envie de se fracasser contre un mur, j'appuierais sur l'accélérateur avec elle. J'ai dit : « OK, si t'es motivée, on s'y met dès que j'aurai pris mes marques au boulot ! » Sophie a quand même dû sentir que je n'étais pas très emballée, alors elle a tendu son petit doigt en l'air pour que je l'attrape (elle savait que ça m'attendrissait toujours), et le pacte était scellé.

Entre-temps, l'ambiance, déjà moite, était devenue lourde. Un épais couvercle s'était posé sur la cocotte-minute de nos vies, les fenêtres étaient nappées d'une buée dense : je cuisais à petit feu.

Quand la conversation s'est faite trop pesante, je me suis mise à danser. Ça a commencé par un soubresaut. Ridicule. Une légère flexion des jambes, plus ou moins en rythme. Plutôt moins que plus, d'ailleurs. Très vite, l'alcool aidant, les bras s'y sont joints. Mouvements saccadés et grands cercles. Alterner. Les hanches qui se déploient, ankylosées depuis trop longtemps. Je fermais les paupières et battais des cils, secouais la tête. J'avais l'impression d'être sensuelle, alors que je devais ressembler à un asticot accroché à un hameçon. Je ne dansais pas, je me débattais. La féminité des magazines de mode était loin, Axelle Red aussi. L'enceinte continuait à cracher des chansons entraînantes, du rap et de la pop, du français et de l'américain. On faisait semblant de connaître les paroles, on chantait en play-back. Puis la musique a ralenti.

Comme je pouvais m'y attendre, la discussion s'est envolée vers le ciel des idées. Ça développait des grandes notions, l'amour, la liberté, la mort. Des mots mille fois remâchés dans des bouches différentes, j'avais l'impression d'écouter un disque rayé. La même comptine en boucle depuis l'Antiquité, on nous aurait foutu des toges que ç'aurait été pareil. J'étais écœurée. On nous avait vendu le concept du philosophe-roi, une place de choix dans la société, mais Platon s'est planté. T'es capable d'expliquer la nuance entre justice et équité ? C'est bien, en revanche, on a simplement besoin d'une personne pour faire de la mise en rayon, donc ça t'aidera pas. Au suivant ! Une sensation pâteuse tapissait ma langue. J'enchaînais les verres de mauvais alcool en faisant mine de m'intéresser au débat. Acquiescement du menton. Moue circonspecte. Lèvres pincées.

C'est à cet instant qu'un type a planté ses deux émeraudes droit dans mon iris. Je l'ai tout de suite vu, même de loin. Au milieu de cette galaxie absurde, je l'ai tout de suite vu. Il est devenu le centre. Beau comme un soleil. Une figure blanche qu'encadraient des cheveux noir de jais. De hautes pommettes sur lesquelles reposaient deux yeux d'un vert hallucinant, presque translucide. De ceux qu'on voit seulement sur Photoshop. Il avait une gueule à tourner dans un film, mais je ne savais pas trop de quel genre. Il racontait une anecdote à propos d'une file d'attente et d'une caissière. La fille en face de lui riait à gorge déployée. Elle basculait sa tête en arrière puis remettait sa frange en place d'un geste faussement négligé. Blond éclatant. Une pub pour du shampoing.

La voix du type n'arrivait pas à couvrir celle de Sting que Sophie avait mise en fond. Alors j'entendais, par bribes, le début de ses blagues, sans les chutes, mais j'étais quand même happée. Une boule à facettes étoilait son visage de taches argentées. Les spots lumineux dansaient une valse à trois temps, le jaune, le violet et le rose. Tout s'est solidifié d'un coup. Le sang avait du mal à passer, il paraissait soudain très épais. Le cœur qui s'arrête un instant.

Après s'être installé sur le canapé, un peu plus loin, il m'a fait signe d'approcher. La force d'attraction était très importante, mais j'étais complètement saoule. J'employais toute mon énergie à mettre un pied devant l'autre sans tituber. Concentration à son paroxysme. Allez, Anna, fais un effort. Le gauche, puis le droit. Le droit, puis le gauche, c'est ça, perds pas le rythme. J'avais un mal de ventre terrible et la vue qui se brouillait. Je me suis affalée à côté de lui comme si je ne m'étais pas assise depuis des siècles. Il m'a interrogée pour savoir si j'étais plutôt philosophie continentale ou analytique. Je l'ai fixé avec méfiance. Les ténébreux qui citent du Nietzsche, j'en avais eu ma dose à la fac. « Je te taquine. On s'en fout de tout ça, non ? » Oui, on s'en foutait de tout ça.

Je me suis étonnée de ne pas l'avoir croisé à l'université. C'était normal, puisqu'il n'y était jamais allé. Lui, il réparait des trucs. C'est de cette manière qu'il avait rencontré Sophie, par le biais d'un ami qui connaissait un ami qui le connaissait. Elle avait des problèmes avec son ordinateur. Étudiante fauchée, pour le dédommager, elle l'avait invité ici. J'ai immédiatement regardé ses mains. Automatisme. Réflexe d'intello. Elles étaient calleuses. Solides. Quelques éraflures. Des doigts qui font autre chose que de tenir un stylo pour une dissertation. Il a remarqué mon insistance et serré le poing si fort entre ses cuisses que ses jointures sont devenues blanches. J'étais gênée. J'ai essayé de faire une blague.

— C'est Descartes qui entre dans un bar. Le gars derrière le comptoir lui lance : « Vous prendrez bien quelque chose ? » Il répond : « Je ne pense pas », et là, il disparaît.

Wouah. Cinq ans d'études pour ça. Elle était franchement nulle, pourtant j'y ai mis tout ce que j'avais, dans cette vanne. J'ai senti l'urgence. Je ne crois pas qu'il ait compris, mais ça a fonctionné, il a souri. Le cœur qui s'arrête un deuxième instant. Là, j'ai remarqué une petite fossette qu'il avait sur la joue droite. Droite, j'en suis sûre parce qu'on se tenait côte à côte. Ça faisait comme une virgule. Ça lui allait bien, la virgule, parce que sa parole se déversait en flot continu, sans point. Pas d'arrêt entre ses histoires, l'une succédait à l'autre avec un naturel déconcertant.

— Moi aussi, je connais des blagues moyennes. T'en veux une ? Quelle est la différence entre un dollar et un rouble ?

— Je sais pas.

— Un dollar !

Là, c'est moi qui n'ai rien compris, mais je buvais ses paroles, je riais à tout ce qu'il disait. Dents blanches et nuque relâchée vers l'arrière. D'un coup, j'ai repensé à l'autre fille, celle de la pub de shampoing, et ensuite j'ai gardé la tête bien droite. On discutait et je sentais mon estomac se serrer. Main invisible qui me retournait les boyaux. Crampes. Gargouillements. Remontées. Que du glamour. Il s'est intéressé à ce que j'allais faire dans la vie, enfin si ça m'allait d'en parler, ce n'était peut-être pas le lieu ni le moment, peut-être que je préférais retourner avec les autres ? Et là, j'ai vomi. Sur ses chaussures. Une substance rose et pétillante : du gin-tonic à la fraise, erreur de débutante.

Il ne s'est pas vexé du tout, au contraire. Il a ri de nouveau. De manière tonitruante cette fois. Il se tenait les côtes tout en secouant son pied au-dessus du tapis. La fille blonde me regardait d'un air hautain. Il s'est levé, m'a tirée par la main et a murmuré dans mon oreille : « Je crois qu'il est temps d'aller se coucher. » On est partis comme ça, plantant les kantiens.

La rue avait changé de texture. Les façades d'immeubles paraissaient confortables, j'avais envie de m'y adosser. Le sol n'exhalait plus la chaleur emmagasinée la veille. Finis, le goudron fumant et le plastique des semelles qui colle un peu. L'air s'était rafraîchi. Je respirais mieux. Au loin, une petite aube se réveillait tranquillement, teintant les toits de nuances orangées. J'ai regardé sa montre qui reposait avec son avant-bras sur mon épaule. Je devais me lever trois heures plus tard. Il ne parlait pas. Moi non plus. Mais c'était doux. Une sensation enveloppante. Du réconfort à chaque enjambée. Le tintement de ses bottines sur l'asphalte rythmait notre marche. Nous avancions cahin-caha. Bras dessus, bras dessous. Lui, mon sac sur le dos. Moi, le cœur en bandoulière. On ne croisait que des éboueurs et des vieux insomniaques qui promenaient leur chien. Il y avait de la tendresse dans leurs regards. Accrochée à mon compagnon comme une moule à son rocher. Le pas chancelant. Le parcours zigzagant. Que pouvaient-ils penser de nous ?

J'ai fini par reconnaître le bout de ma rue. Un peu de familiarité, ça faisait du bien. Point d'ancrage dans cette ville qui semblait tournoyer autour de moi. Le tangible qui tangue. Ça m'a remis les idées en place. Quand nous sommes arrivés devant la porte d'entrée, il m'a vue hésiter sur le digicode. Le doigt suspendu. Dans l'attente. 3948. Non. 9348. Non. La troisième tentative a été la bonne. Je n'ai pas pensé à lui proposer de monter. J'ai bredouillé un merci à l'haleine fétide. Il a attendu que je sois bien rentrée, et même un peu après. Quand j'ai voulu tirer les rideaux pour dormir, il était encore là, dehors, droit et serein. Je lui ai fait un signe depuis la fenêtre. J'ai vu sa silhouette changer de trottoir, s'enfoncer dans les rayons ocre et disparaître totalement. La lumière l'avait avalé.

2

Le réveille-matin a résonné comme une injure. Les paupières collées au ciment, je peinais à me lever. La soirée de la veille m'a frappée de plein fouet. Physiquement. Mal de crâne, tempes qui battent très fort, vertiges. Impression d'avoir la tête dans un sac qu'un gamin s'amuserait à taper contre un mur. Il fallait sauver les meubles. Verre d'eau. Doliprane. Brossage de dents rapide. Mes cheveux bruns, électriques à cause des frottements contre l'oreiller, se collaient à ma joue encore pleine de bave. Devant le miroir, les souvenirs ont commencé à affluer par bribes. J'ai pensé à lui et à ses mains abîmées avec la frustration de ne pas pouvoir me rappeler ce qu'on s'était dit. Ce que je lui avais dit, surtout. Mais pas le temps de trop réfléchir. Vite, enfiler un T-shirt. Tenue correcte, qu'est-ce que ça signifie ?

La bouche encore pâteuse, j'ai pris le métro, puis un autre métro, puis le RER. Ça ne se terminerait donc jamais ? Je serrais l'adresse que j'avais griffonnée sur un bout de papier au cas où mon téléphone n'aurait plus de batterie. J'avais aussi la gentille lettre de recommandation de Marjorie. Le Doliprane commençait à faire effet. Je n'étais pas si mal. Mes écouteurs étaient restés sur la table de chevet, j'entendais seulement le son strident du train qui s'arrête, redémarre et s'arrête encore. Les voyageurs malheureux qui entrent, se nassent. Odeur de transpiration, pas un regard. À certaines stations, le flot s'écoule au compte-gouttes, tandis qu'à d'autres, il se déverse en vague puissante. Tonneau des Danaïdes : il y a toujours plus de voyageurs. Pluie terne sur le quai. J'étais enfin arrivée.

La suite du chemin ressemblait à un décor de science-fiction. Je devais marcher un peu et traverser un no man's land où étaient plantés d'immenses hangars. Tous gris et visiblement déserts. Sauf que quand on s'approchait, ça s'agitait là-dedans. Des petites voitures, comme celles utilisées par les bourgeois au golf, mais avec à l'intérieur des types qui, eux, n'avaient pas l'air riches. Habillés en noir, ils étaient bardés de fils qui sortaient tous azimuts. Casque audio avec micro, talkie-walkie et des câbles, une tonne de câbles. Impossible de comprendre leur étrange ballet, une course effrénée d'un hangar à l'autre. Au milieu de cette agitation, on distinguait des files de gens. Queues immenses et immobiles. Pères et mères de famille, adolescents prépubères, jeunes filles surmaquillées. Ils étaient venus en bande, entre copines, en couple ou bien seuls. J'ai contourné ces attroupements. Esquivé les voiturettes et les femmes en robe de soirée.

On m'avait indiqué le bâtiment A. Dans cette jungle mystérieuse, j'ai fini par le trouver. Pendant que je grillais la queue, les gens se sont mis à râler. J'ai haussé les épaules pour signaler que j'étais désolée. La porte métallique du hangar était fermée, bien solide. Le genre de porte devant laquelle un cambrioleur se poserait des questions. Le genre de porte qu'on ne franchit pas sans y avoir été invité. Alors j'ai cogné. Trois coups discrets. Des coups qui s'excusent presque. Puis j'ai attendu. Après quelques secondes, j'ai cogné de nouveau, plus fort cette fois. L'énorme battant métallique a dessiné un arc de cercle, les gonds ont un peu grincé et un homme totalement banal est apparu dans l'entrebâillement. J'étais déçue : ni druide ni géant, lui aussi était habillé en noir, lui aussi arborait casque audio, talkie-walkie et fils qui pendaient dans tous les sens autour de sa personne. Il m'a fait signe d'avancer et, brusquement, a refermé la porte derrière moi.

— T'es en retard, le premier jour, ça la fout mal, m'a-t-il lancé.

Je me suis justifiée, j'attendais derrière la porte depuis un moment, il ne m'avait pas entendue.

— Il ne faut pas attendre qu'elles s'ouvrent, les portes, il faut les défoncer.

Je me suis d'abord demandé où il avait entendu une phrase pareille. Elle ressemblait à celles qu'on retrouve imprimées sur les calendriers, dans les emballages de papillotes à Noël ou sur les sachets de thé. Ensuite j'ai repensé à Marjorie, la phrase lui aurait plu. L'homme s'est présenté : Marc.

— Moi, c'est Anna.

— OK, aucune importance.

J'ai agité devant sa face la lettre de Pôle emploi, mais il ne l'a même pas regardée.

— Tu remplaces Mélanie. Elle a fait un burn-out ou un truc dans le genre. Je pense surtout que c'était une grosse flemmarde. T'étais où avant ?

Je lui ai dit que j'avais fait des études de philo, il a répondu « Oulah ».

Je l'ai suivi dans un couloir qui débouchait sur une nouvelle grosse porte. Celle-ci était ouverte. J'ai ressenti un bref soulagement. Nous sommes entrés dans une immense salle qui servait de plateau de tournage. La hauteur sous plafond était impressionnante, mais je ne l'ai pas tout de suite remarquée. Marc m'a d'abord conduite jusqu'à un groupe d'individus, des congénères avec des câbles. Il a tendu sa main vers chacun d'entre eux en précisant leurs prénoms et fonctions. J'ai tout oublié aussitôt. Ensuite Marc m'a laissée aux bons soins de Sandrine, une petite brune à la robe courte et au sac de luxe qui, avant de me dire bonjour, a regardé mes chaussures fatiguées.

— J'ai mis des baskets parce que je me suis dit que ce serait plus confortable pour marcher.

— Oui, plus confortable, c'est bien ce que je pensais...

J'allais travailler avec elle, mais elle devait boire un café, de toute urgence, elle était sur les rotules. Elle reviendrait dans quelques minutes. Sourire carnassier. Main dans le dos. Mouvement de cheveux suivi d'effluves d'un parfum cher. C'est là que j'ai levé le regard.

Accrochés au plafond, des hommes en noir volaient. Tels des anges contemporains, ils étaient assis sur des sièges suspendus à de grosses poutres métalliques et filmaient la salle en plongée. Pour y accéder, ils grimpaient sur une échelle aux barreaux très fins, accompagnés par des éclairagistes qui dirigeaient des spots lumineux de part et d'autre. Au sol aussi, on s'affairait. Des dizaines de petites mains branchaient des appareils, réglaient le prompteur. Certains nettoyaient des chaises installées en rangées ou passaient un coup d'aspirateur. En face de moi se trouvait la scène avec son écran géant et ses décorations aux couleurs d'une émission populaire consacrée à la musique, que mon père et moi regardions souvent le samedi soir. La clarté excessive des projecteurs me brûlait la rétine. On faisait les balances. Un-deux. Un-deux. J'étais très impressionnée. J'avais du mal à saisir pourquoi on m'avait envoyée ici.

Sandrine est enfin revenue. Avec sa tasse de café brûlante entre les mains et ses gros cernes noirs, elle paraissait épuisée par une journée qui n'avait pas encore commencé. J'ai été saisie d'un élan de pitié. « Chaque fois c'est comme ça, il y a trop de choses à faire et pas suffisamment de temps, alors on essaie de se sauver du naufrage, on court partout. Je suis modéliste de foule. En gros, quand le public arrive, je le place. Tu verras mieux tout à l'heure. Et toi, ta mission, c'est de le chauffer. Faut que tu sois dans un bon *mindset*, *full-of-happiness.* »

Elle a continué sur sa lancée à grand renfort de vocabulaire anglais. En fait, mon travail consistait principalement à dire au public quand il fallait applaudir (c'est-à-dire tout le temps) et quand il fallait rire (c'est-à-dire tout le temps aussi). Clap clap, faisait consciencieusement Sandrine avec ses mains, au cas où je ne connaîtrais pas la définition du terme « applaudissement ».

Les gens qui composaient la queue à l'extérieur ont commencé à inonder le plateau. Sandrine les a tout de suite pris en charge. Un vrai chef d'orchestre. Elle effectuait de grands mouvements en désignant des emplacements précis. Vous, ici. Vous, plutôt là-bas. Ça semblait arbitraire, et en même temps Sandrine avait l'air de savoir exactement ce qu'elle faisait. Gare à celui qui essayait de changer de place, elle veillait au grain. Aucun déplacement non autorisé. Deux dames d'un certain âge se sont plaintes : « Ça fait trois fois qu'on vient et on est toujours au fond, on a attendu quatre heures dehors. Nous aussi, on voudrait voir Bertrand ! » Sandrine a répondu gentiment mais fermement. Sa seule explication : c'est comme ça. Bertrand était l'animateur de l'émission, un vieux gars à la carnation orange fluo que tous mes nouveaux collègues vénéraient avec application : une belle illustration du syndrome de Stockholm.

Sandrine avait parlé d'un naufrage, pourtant l'organisation de ce tournage était bien différente de celle d'un paquebot. Ici, les femmes et les enfants ne passaient pas d'abord. Quand tous les sièges ont été occupés, la vérité m'a sauté à la figure. En habile chirurgienne, Sandrine avait tracé au scalpel les contours de la foule. Mélange de canons d'esthétique traditionnelle et d'une logique capitaliste sans pitié. Elle avait placé les jeunes et les beaux devant, les vieux et les laids derrière, tout simplement. Elle connaissait les points de passage des caméras. Premier et deuxième rangs. Place 37 sur le côté droit, 54 et 73 sur le gauche. En chacun de ces endroits, il fallait un visage harmonieux. Elle laissait les éclairagistes faire leur travail et renvoyer dans la pénombre les gros et les handicapés. Les renégats, les déclassés de ce public gratuit. Bien sûr, les cobayes ne se rendaient compte de rien. La modéliste était assez fine et chaleureuse pour donner l'impression que tous avaient leur importance. Qu'ils étaient sur un pied d'égalité. Que c'étaient eux les stars, même. Les plaintes ont peu à peu été étouffées par les essais de jingle. Sandrine est revenue satisfaite. Mission accomplie. Elle s'est tournée vers moi et m'a confié le casque avec micro : je devais me mettre accroupie sous une caméra. Sur fond de clameurs du public, les membres du jury se sont installés un à un sur leurs grands sièges puis, quelques secondes plus tard, Bertrand est entré sur le plateau : la messe pouvait commencer.

Je devais ressembler à un lapin pris dans les phares d'une voiture. J'étais perdue. Sans m'y être préparée, je passais de l'autre côté de l'écran, dans une étrange troisième dimension où tout le monde s'appelait « ma chérie » et « mon chou », même ceux qui ne se connaissaient pas. L'émission se voulait un tremplin pour jeunes artistes. Chanteurs en tout genre. Tenues bariolées. Voix rauques. Vibrato. Je peinais à cacher ma déception. C'était moins impressionnant qu'à la télé. Le décor faisait cheap, une sorte de PVC brinquebalant. Le format live diminuait le charisme des candidats : moi qui avais l'habitude de les voir bien éclairés et en gros plan, je les découvrais beaucoup plus petits qu'à travers l'écran. Leurs voix tremblaient souvent. Les stabilisateurs des micros arrangeraient ces défauts. Entre deux interventions, Bertrand repartait au maquillage. On lui repoudrait le nez, lui cirait le teint. En attendant, la face placide, il pianotait sur son portable. Il n'écoutait aucune chanson, mais chaque fois qu'il revenait sur scène, les yeux rivés sur le prompteur, il adressait aux candidats un trait d'esprit plein de bienveillance. De toute façon, il ne pouvait rien entendre, le public non plus d'ailleurs, car les enceintes n'étaient pas dirigées vers nous.

J'étais branchée sur pilote automatique. Hors de mon corps. « Les bras et pas la tête, Anna », me soufflait Sandrine. « Ou plutôt si, il faut que tu apprennes à penser avec tes bras. » On m'avait rapidement montré les différents mouvements que je devais reproduire à la chaîne. Stimuli et réponse aux stimuli, comme quand on dresse un chien, c'était aussi trivial que ça. J'adressais à la foule le signe pour les applaudissements. Docile, elle obtempérait. C'était un public d'habitués. Réactif. Certains faisaient les intéressants et criaient beaucoup. L'animateur n'avait qu'à dire un truc comme « Alors, pas mal, hein ? » et j'exécutais le geste pour le rire. Mes poulains se fendaient en deux. Gorges chaudes. Bouches grandes ouvertes. Ça a continué comme ça pendant une heure et demie. J'écoutais les tonalités de ces différents rires. Tantôt aiguës, tantôt graves. Toujours forcées. Mais peu importe, de loin on y croyait. C'était l'essentiel. Tous ensemble, nous créions l'illusion d'un monde qui pleure de joie, comme si aucun malheur ne pouvait jamais franchir la tôle de ce hangar. Drames, tristesse, guerres et catastrophes ne passaient pas ces murs gris, auréolés d'une protection divine. Un bonheur constant.

Lorsque je laissais passer plus de trois minutes sans esclaffements généraux, on me tapotait le dos pour me rappeler à l'ordre. Lever les bras, les abaisser. J'étais Charlie Chaplin, mais je ne savais pas si c'était dans *Les Temps modernes* ou *Le Dictateur*. J'étais épuisée, envahie par le sentiment d'avoir tourné dans l'essoreuse d'une machine à laver. Quand un candidat a été éliminé, que les lumières se sont enfin éteintes et le public levé, j'ai rassemblé mes affaires pour sortir. Implacable, Sandrine m'a attrapée au col : « Qu'est-ce que tu fais ? On enchaîne avec la suivante. » Même pas le temps pour une cigarette ou un sandwich. De nouveau une fournée de personnes impatientes à placer. De nouveau les protestations.

À nouveau les explications hurlées au micro : « Ce signe-là, c'est pour applaudir », « celui-ci, c'est pour rire ». Les courbatures dans les bras commençaient à se faire sentir. Le regard qui tremblote. Les tympans au bord de l'implosion. On a tourné quatre émissions à la suite.

À 18 heures, la porte du hangar s'est refermée derrière moi. Je pouvais enfin partir. J'ai accueilli le retour des deux métros et du RER avec joie et reconnaissance. J'ai retrouvé les mêmes voyageurs qu'à l'aller, et si les vestes étaient désormais froissées et les cravates défaites, les mines, elles, étaient toujours blafardes. J'ai cherché un siège libre, j'avais besoin de m'asseoir et de fermer les yeux. Mes jambes, du coton. Je ne voulais pas qu'on me bouscule, je souhaitais seulement m'étaler sur mon lit. Je n'ai pas pensé à *La Société du spectacle*, à Debord et les autres. J'étais trop crevée pour réfléchir. Assise au fond de la même rame, Sandrine avait retiré ses escarpins pour coller un pansement sur son talon endolori. Comme mes collègues, je n'avais qu'une urgence : m'occuper du corps en souffrance. J'étais si fatiguée que mes cernes eux-mêmes avaient des cernes.

Un cadre supérieur parlait fort avec un autre cadre supérieur, j'ai failli leur intimer de chuchoter, mais je n'en avais pas l'énergie. À la place, j'ai rallumé mon téléphone et découvert un message de mon père. Il s'inquiétait de savoir comment s'était passée cette première journée. J'ai été touchée. En même temps, une boule a grossi dans ma gorge. Cette boule, je la connaissais bien. Petite, je ne l'avais pas, elle est arrivée plus tard. La première fois, elle était apparue dans la cour du collège. Mes copines faisaient de grosses bulles de chewing-gum sous les platanes verdis par le printemps. Adam Lesieur était assis sur un banc. Des bouclettes blondes, un appareil dentaire argenté et une planche de skate à la mode. Moi amoureuse, très amoureuse. Les yeux qui n'arrivaient pas à se décrocher de ses lèvres. Je rêvais de glisser ma main dans la sienne. Un jour, j'avais décidé de lui écrire tout ce que je ressentais. J'avais introduit ma lettre dans son casier et m'étais planquée, fébrile, pour l'observer en train de la découvrir. Il avait ouvert son casier, et la petite enveloppe blanche était tombée sur le sol. Il l'avait décachetée, avait plissé les yeux pour lire avec attention, et c'est là que le drame était arrivé. En tapant dans l'épaule de son meilleur ami, il avait ri. Franchement ri. Une éruption. Quasiment des gargarismes. À deux doigts de la transe. La terre tremblait sous mes pieds. Après avoir scanné les environs, il avait foncé sur moi, le papier à moitié froissé dans sa main droite, la planche de skate sous le coude gauche.

— C'est quoi, ton prénom, déjà ? Anna la lose ? Non, mais regarde-toi, t'es super moche, tu portes toujours les mêmes fringues et en plus t'es dyslexique, y a plein de fautes d'orthographe dans ton truc. Comment t'as pu croire que je m'intéresserais à toi ? T'es personne.

Et il avait roulé vers des filles moins laides dont les notes aux dictées dépassaient les miennes. J'étais rentrée à la maison dépitée et m'étais mise en position fœtale sous la couette. Mon père avait demandé ce qu'il se passait.

— Tu trouves que je suis vraiment moche ?

— C'est l'âge ingrat, Anna, mais après ça ira mieux, promis. Pour moi, tu es déjà parfaite. Allez, viens, je vais te faire des crêpes.

Ça m'avait réconfortée pendant environ une seconde et demie, mais au moins il avait essayé. Une fois le goûter avalé, de retour dans ma chambre, je m'étais observée dans le miroir. C'est vrai que ma tête n'était pas très symétrique et que mes yeux paraissaient disproportionnés par rapport au reste de mon visage. Pour la laideur, soit, je ne pouvais rien faire, mais pour l'orthographe, c'était autre chose. Je n'allais pas me contenter de bouffer du dictionnaire et du Bescherelle, non. J'allais être une intellectuelle, même si mon père zappait sur une autre chaîne lorsque des écrivains ou des philosophes passaient à la télé parce qu'il préférait les programmes amusants. Mais j'étais sûre que dans la famille Lesieur, c'était différent. On devait suivre *C dans l'air* et France Culture, regarder chaque invité avec attention et débattre de leur intervention pendant le dîner, car ces gens-là, on les écoute, on les considère. Ce qu'ils disent compte. Adam ne leur aurait jamais demandé d'où viennent leurs vêtements, quel est le métier de leurs parents et dans quel quartier ils habitent. Alors j'avais décidé : je voulais devenir quelqu'un.

Ça, c'était le plan. Mais malgré ma détermination, la boule grosse des mots d'Adam n'a pas disparu. Elle revenait dans les moments de tristesse. Au cœur de la fatigue et de l'angoisse. Ce jour-là, dans ce RER bondé, elle m'empêchait de déglutir.

J'ai essayé de l'ignorer. J'ai pris une grande inspiration pleine des miasmes de la rame et j'ai tapé une réponse à mon père : « Génial, je te raconterai. » Il devait être accroché à son portable, car une seconde plus tard j'ai reçu deux smileys extatiques et un pouce levé. C'était pas mal.

Je suis sortie de la bouche de métro. La route ne m'avait jamais paru aussi longue. Mais, au milieu du chemin, les genoux qui fléchissent. Le palpitant qui s'emballe plus fort qu'à l'ordinaire. Le gars de la veille était devant ma porte. Il attendait, le pied contre le mur, comme pour le soutenir. J'ai paniqué. Plus je m'approchais, plus il se dessinait avec précision. La silhouette d'abord et la figure ensuite. Il était beau, comme dans mon demi-souvenir. Arrivée à sa hauteur, j'ai balbutié, en essayant de rester le plus naturelle possible :

— Ah salut, qu'est-ce que tu fais là ?

— J'avais envie de te revoir.

— Mais tu as attendu ici toute la journée ?

Il m'a assuré que non. Il venait d'arriver. Évidemment, il mentait. Ça tient à un détail risible, une inflexion de la voix, une légère hésitation en début de phrase. Je sentais mes joues rougir, j'ai baissé les yeux. À ses pieds, le sol était jonché d'un tas de mégots de cigarette de la même marque que celle qu'il était en train de fumer. Il avait donc traîné là toute la journée, ou du moins une bonne partie.

On est restés plantés l'un devant l'autre sans prononcer un mot. Les bras ballants, la bouche qui commence à former une syllabe puis qui renonce. Finalement, je lui ai proposé d'aller faire un tour. Il m'a suivie dans les dédales de mon quartier et m'a demandé, lui aussi, comment s'était passée cette première journée. J'ai dû afficher une expression étrange, un rictus figé et inquiet, parce qu'il a tout de suite précisé : « Je ne t'espionne pas, hein, tu m'en as parlé hier. » Je ne m'en souvenais pas. Je voulais lui répondre un truc dans le style de ce que j'avais dit à mon père, mais devant ses deux prunelles si sincères je me sentais contrainte de l'être aussi. Alors j'ai tout déballé. Un flot dégueulasse de mots tranchants. J'ai raconté le trajet, la porte, Sandrine et les courbatures aux bras. J'ai décrit le paradis feint, la bonne humeur simulée. Plus je parlais et plus la boule à l'intérieur de ma gorge grossissait. Elle a fini par prendre toute la place, le récit ne pouvait plus sortir. Je me suis tue. À la fin, il a juste hoché la tête.

Après quelques instants suspendus, on a repris notre marche. Nos bras dérivaient l'un vers l'autre dans un élan involontaire. L'attraction était toujours présente, aussi forte que la veille. Épidermes électriques. Chaque fois qu'ils entraient en contact, on se ressaisissait. J'étais parcourue d'un frisson et j'essayais de garder mon bras bien droit le long du corps. Ça fonctionnait un instant, puis ça repartait. Nos petites cellules de peau voulaient faire connaissance.

J'avais besoin de me poser quelque part, j'étais si fatiguée. On s'est arrêtés au supermarché pour acheter une bouteille de vin rouge. On a monté l'escalier. Les cinq étages. Clef dans la serrure. On était chez moi.

Il furetait partout. À travers ses yeux, j'ai vu la vaisselle qui s'empilait dans l'évier, les sous-vêtements sales jetés à l'aveugle et la poussière, non seulement dans les coins que l'aspirateur ne parvenait pas à atteindre, mais absolument partout. Je me suis dégoûtée. Je ne recevais presque jamais du monde et je m'étais habituée à ma crasse. Mais lui, il a seulement remarqué la grande affiche de *La Ruée vers l'or*, un film qu'il aimait bien.

Je suis allée dans la cuisine pour déboucher la bouteille de vin. Dans le salon, il était en train de me raconter des blagues. Comme à la fête chez Sophie, je les entendais entrecoupées par le bruit des couverts. En réponse au fracas que je produisais en retournant les tiroirs à la recherche du tire-bouchon, il m'a proposé son aide. Il est entré dans la pièce exiguë. J'ai senti son souffle chaud dans ma nuque. J'ai crispé l'échine sans le vouloir. Je me suis retournée, le précieux outil à la main et une certaine fierté dans le regard. Il a pris mon bras, et le reste de mon corps a suivi. Bouillant, il était. Nos deux bassins en contact. J'ai reposé le tire-bouchon. Nos têtes qui se rapprochent. Les corps qui se serrent. Son visage en très gros plan. Morcelé. Éclaté comme dans un kaléidoscope. Sourcil. Oreille. Cou. Menton. Puis nos deux bouches qui s'attrapent. Oubliés, les baisers d'adolescents. Un vrai mélange de fluides et de langues. Montée d'endorphine, explosion de dopamine. L'euphorie qui s'installe. Les papilles en extase de goûter l'autre. Les joues embrasées. Très vite, on change de cap. Les meubles de la chambre contre lesquels on se cogne car, pudique, il ne veut pas allumer. Les sons de la ville devenus cotonneux à travers les murs et, à l'intérieur, un nouveau murmure. Son souffle saccadé, petit soupir. Ma main, son dos. Ses baisers, mon épaule. J'avais déjà fait l'amour avant. Mais là c'était différent. Ni mieux ni moins bien, seulement différent. Il était aérien, léger. Il ne s'appuyait pas sur moi comme les autres. Ça a duré un temps qui m'a paru trop court. Je regardais sa gorge gonfler, ses mains effleurer mes hanches. Enfin, il s'est tourné vers moi. Je l'ai embrassé. Dans le noir, ses yeux étaient fluorescents.

Je me suis levée pour aller chercher la bouteille et deux verres. Le dos calé contre le mur, il a fait reposer le cendrier sur son ventre et nous avons fumé. Même si on avait beaucoup parlé avant et pendant, il fallait à présent combler l'après. C'était toujours le plus difficile. J'aurais voulu commencer une phrase par son prénom, pour lui dire sur un ton solennel que c'était bon, mais j'ai compris que de son prénom, je ne me souvenais plus. J'ai passé un certain temps à essayer de me remémorer toutes les personnes présentes à la fête. J'ai récité l'alphabet en m'arrêtant sur chaque lettre pour voir si elle pouvait être l'initiale. C'était trop tard, impossible de lui poser la question maintenant. D'autant plus que lui, il prononçait souvent le mien. Il mettait un point d'honneur à dire « Anna » comme s'il s'assurait lui-même qu'il était bien avec moi. Il a lu dans mes pensées.

— Charles-Lucien.

J'ai cru que c'était encore une de ses bêtises alors j'ai explosé de rire. Incapable de me contrôler. Je lui ai soufflé du vin à la figure. Les gouttelettes rouges qui mouchetaient son visage contrastaient avec son sérieux disproportionné : lui ne riait pas du tout.

— C'est mon vrai prénom.

— Ah, j'ai répondu. Je peux t'appeler Lulu ?

— Comme la pute de Beckett ?

On a continué à discuter, à boire et à fumer un long moment. On refaisait le monde, le nôtre était nettement plus gai. On a évoqué nos vies respectives, nos familles, nos enfances, on avait besoin de s'apprivoiser.

— Si t'étais à l'aise au lycée, comment ça se fait que t'as pas continué tes études après ?

— Mes parents étaient à fond. Pour ma mère, il fallait que je fasse ministre ou un métier dans le genre, rien de moins. Mais moi, je le sentais pas. La méritocratie, j'y ai jamais cru.

Pour le coup, je le trouvais intelligent, beaucoup plus que moi.

— Et puis, j'avais envie de faire quelque chose d'utile. Enfin, je veux dire, de vraiment utile, pas rester enfermé dans un bureau toute la journée.

Il parlait en continu, mais en chuchotant pour ne pas aviver les acouphènes que j'avais gardés du travail. Cadeau de bienvenue. L'idée d'y retourner le lendemain me donnait envie de me défenestrer. Je suivais le point incandescent de sa cigarette qui virevoltait de part et d'autre. Il dessinait des figures sibyllines, évanescentes. Un feu d'artifice d'intérieur. Je me suis endormie sans m'en rendre compte, un goût de cendres en bouche. J'ai rêvé de Sandrine et de Bertrand, un peu de Lulu aussi, je crois. Quand je me suis réveillée, il était déjà parti mais, sur la table de nuit, il m'avait laissé son numéro de téléphone et des boules Quiès.

3

Avec Lulu, on s'est revus plusieurs fois. Jusqu'à ne plus se quitter, à vrai dire. À tel point qu'il a emménagé chez moi. Quand je le lui ai proposé, je n'avais pas eu le temps de finir ma phrase que déjà, il répétait « oui oui oui », ses pupilles bien larges, comme ses bras. Il m'a serrée à l'intérieur.

Le jour où il devait s'installer dans mon appartement, j'attendais sa venue près de la fenêtre, les yeux scrutant la rue. Allait-il arriver à bord d'une camionnette ? Est-ce que toutes ses affaires rentreraient dans l'appart ? Vingt-cinq mètres carrés, ce n'est pas si grand. J'étais tellement excitée que les détails logistiques m'étaient passés six kilomètres au-dessus du crâne. Lulu avait déjà deux heures de retard. Enfin, je l'ai aperçu qui courait au milieu de la route, tout seul comme un imbécile. Il transpirait le bonheur. Monté sur ressorts. Il m'a fait de grands signes et a failli tomber. J'ai parcouru des yeux le bitume derrière lui pour voir si une voiture le suivait. À ma grande surprise, il n'avait qu'un gros carton sous un bras et un autre objet que je n'arrivais pas à identifier sous l'autre. Il s'est précipité pour monter les cinq étages, j'entendais ses pas lourds dans l'escalier. Il est arrivé tout essoufflé, a jeté le carton par terre et a caché sa main droite derrière son dos. Puis il l'a brandie devant moi tout à coup, dévoilant une cage à oiseaux.

— TADAM ! C'est mon cadeau pour notre appartement. Qu'est-ce que t'en penses ? C'est chouette, hein ? Deux inséparables. Je les trouve très beaux, pas toi ? Au début je voulais un chien, et puis je me suis dit que c'était peut-être pas pratique pour nous. Les oiseaux, c'est mieux, non ?

Il débitait à toute berzingue. La petite virgule sur sa joue droite faisait de grands sauts.

— On va les appeler comment ?

— Quelle question ! Enfin, Anna, réfléchis un peu.

Il a posé la cage sur un meuble du salon et a essuyé sa transpiration avec le revers de sa manche.

— Si moi, je suis Lulu, alors ce sera Vladimir et Estragon. Regarde, on dirait qu'ils guettent toujours quelque chose. La tête penchée d'un côté puis de l'autre. Ils attendent Godot.

— Mais y en a peut-être un qui est une femelle, non ? j'ai hasardé.

— T'es si conformiste, ma petite ! Femelle, mâle, on s'en fiche.

Entre-temps, j'avais terminé ma période d'essai. Marjorie m'avait appelée un soir. Elle était à deux cents volts. Elle criait presque au téléphone. « Ils vous gardent, ils vous gardent ! » J'avais l'impression d'être un de ces vieux chiens de la SPA que les propriétaires pouvaient ramener s'ils les trouvaient trop méchants. Les RH de l'émission lui avaient confié que je n'étais pas le boute-en-train de l'année, mais que je m'acquittais correctement de ma tâche, je pouvais donc rester. Marjorie mettait tellement de dynamisme dans son discours, elle employait tellement de superlatifs qu'elle a bien failli me convaincre que j'avais obtenu un travail formidable.

Pour la remercier, je l'avais invitée à assister à une émission. Elle avait posé un jour de RTT ou bien s'était fait porter pâle, je ne me souviens plus. Le jour de l'enregistrement, je la voyais dans le public, sans lunettes, troquées pour des lentilles de contact. Elle avait mis une jolie robe, de celles devant lesquelles on s'arrête quand on fait du lèche-vitrine. Elle ne voulait pas me faire honte, Marjorie. Elle était toute contente quand je lui avais annoncé qu'elle n'aurait pas besoin de faire la queue. Elle était passée devant les autres, le port altier, très fière. Sandrine l'avait placée au fond de la salle, mais Marjorie y était bien. Elle me faisait des pouces en l'air en permanence avec beaucoup d'application. Dès que je lançais un geste, elle l'exécutait avec grâce. À la fin, Marjorie était venue me voir. On avait partagé un soda pendant qu'elle refaisait l'émission, pleine d'entrain. Un replay de vive voix. Elle grossissait un peu le trait, s'émerveillait de l'ambiance. Je savais qu'elle allait raconter la soirée à ses copines de Pôle emploi le lendemain matin, et ça me mettait de la joie dans le ventre.

J'avais déjà reçu mon premier salaire. Quand le virement était tombé sur mon compte, Lulu et moi avions trouvé ça fantastique. Un Smic, ce n'était pas mirobolant, mais c'était déjà quelque chose. Une célébration s'imposait. On n'a même pas pensé à un restaurant. On a décidé d'aller manger dans le fast-food de Mehdi. Affairé derrière la friteuse, il s'est brûlé en nous apercevant. Très vite, il est passé à la caisse pour prendre notre commande. C'était la fête. Menu XXL et frites à gogo. Il nous a même offert une ristourne, alors qu'il n'en avait pas le droit. En ce début septembre, le froid avait commencé à pétrifier la ville. Lulu et moi, on frissonnait légèrement dans nos pulls ; Mehdi, lui, suait sous sa casquette. Il m'a félicitée pour mon embauche. C'est alors qu'un manager s'est rendu compte de la pause non réglementaire de Mehdi et lui a foncé dessus.

— T'es pas payé pour tailler la bavette...

— Non, c'est vrai. Moi, je m'occupe des steaks, pas des bavettes.

Je l'ai trouvée très forte, sa repartie. Le supérieur a continué son chemin sans se retourner. Mehdi a soufflé entre ses dents, a soupiré que, de toute manière, il allait bientôt démissionner parce que l'ambiance était trop pourrie et qu'il crevait de chaud à longueur de journée.

On a dévoré nos burgers sous son regard bienveillant. Lulu me caressait le bras avec dévotion, comme si j'avais accompli quelque chose d'extraordinaire. Il se léchait les doigts. Sur les banquettes lustrées de graisse, en mangeant nos desserts, on faisait des plans sur la comète. On imaginait déjà la maison qu'on allait acheter et les pays magnifiques où l'on partirait en vacances. La vie d'adulte dont on rêvait se profilait devant nos yeux. On savait bien pourtant qu'avec mon salaire, la maison, on n'était pas près de l'avoir. Mais peu importait. Dehors, les étoiles nous faisaient des clins d'œil.

D'ailleurs, Lulu aussi travaillait, très dur même. Il réparait un tas de bidules hétéroclites. Autoentrepreneur de la débrouille. Le matin, après avoir pris son café, il mettait de la musique classique et je voyais ses grandes mains s'agiter.

Pince. Mozart. Tournevis. Schubert. Perceuse. Beethoven. Ponceuse. Mahler. C'était un vrai arsenal. Lulu n'avait pas de spécialité. Un touche-à-tout. Aucune machine ne lui résistait. Parfois, il rapportait un truc qui n'avait plus d'apparence. Méconnaissable. J'allais me doucher et quand je revenais, je m'apercevais que c'était un grille-pain. Comme neuf. Notre appartement a commencé à accueillir des quantités astronomiques d'objets. Ça s'amoncelait dans les coins, il y en avait même dans les toilettes. On retrouvait des vis dans des endroits inattendus.

Dans l'espoir d'élargir sa clientèle, Lulu a collé une affichette dans le hall de l'immeuble en indiquant qu'il réparait n'importe quel machin, électrique, électronique ou mécanique, pour un tarif unique de trente euros. Dans les jours suivants, on a vu défiler chez nous toute la résidence. C'était drôle, les possessions incongrues des voisins. Thérèse du troisième lui a même apporté un vibromasseur. Elle nous a suppliés de ne rien révéler à son mari. Pour lui faire plaisir, Lulu a augmenté la puissance. Devant tant de débrouillardise, certains voisins lui donnaient un peu plus d'argent ou bien nous apportaient des lasagnes. Et même si c'était difficile avec le peu de sous qu'il récoltait, Lulu mettait un point d'honneur à payer la moitié du loyer.

En l'espace de quelques semaines, j'étais donc devenue totalement autonome. Mon père était estomaqué. Il aimait la tournure que prenait mon existence. Il n'arrêtait pas de répéter : « Quand est-ce que je le rencontre, ton copain ? Hein, quand est-ce que tu le ramènes ? » Je lui ai promis que ce serait pour bientôt. Il me demandait pourtant si je n'avais pas besoin d'argent, si j'étais sûre et certaine que mon compte n'était pas dans le rouge. Il devait s'assurer que ce que je lui racontais était bien vrai : il avait vu plein d'émissions sur des jeunes qui tombent dans la prostitution. Moi, j'étais sereine, je disais « t'inquiète, t'inquiète, quand je suis sur le trottoir, c'est seulement pour marcher ». Mon père concluait nos appels en répétant qu'il m'avait vue à la télévision. Je savais que c'était faux, mais je me contentais de pouffer. Je crois qu'il en retirait une certaine fierté. Tous les voisins, amis de la famille et parents éloignés m'avaient écrit à la suite de mon embauche. Pas simplement pour me féliciter d'avoir décroché un travail, mais d'avoir décroché celui-ci. Je ne sais pas ce qu'ils s'imaginaient, mais ça avait l'air de vachement les impressionner. « La petite bosse à la télévision. Pour une grande chaîne en plus, pas France 5 ou Téva. » Et mon père de poursuivre : « Si elle a su faire son bout de chemin dans ce domaine, c'est grâce à moi. Toutes ces heures sur le canapé à regarder la téloche, c'était utile ! Je savais qu'elle réussirait. » Je ne contrariais jamais leurs fantasmes, ça me plaisait de les faire rêver.

La réalité était moins reluisante. Certes, on m'avait gardée, mais personne ne me calculait au studio. J'étais la femme invisible. Malgré mon prénom facile à retenir, tout le monde se trompait. Je répondais donc à Leïla, Laura, Sonia, Sophia, Emma. Peu importait, finalement. En revanche, je commençais à m'entendre avec Sandrine. Je n'irais pas jusqu'à dire qu'on était devenues amies, mais au moins je supportais mieux son hystérie quotidienne et son mépris envers les personnes laides. Après tout, cette attitude, on la lui avait imposée. Elle ne décidait de rien. J'avais réussi à l'amadouer grâce aux cookies trois chocolats du distributeur. Peu à peu, elle se confiait. De mon côté, je m'étais fendue d'un compliment sur son sac à main. « C'est Vinted, tu sais. Neuf, j'aurais jamais eu les moyens. Mon mec pense que je suis conne, que je dépense un fric pas possible là-dedans. Ça lui fait moins d'argent pour les paris sportifs. Il ne comprend pas. Tu fais deux pas dans la rue et BIM, une pub pour un Chanel, deux pas de plus et BAM, un Louis Vuitton. Moi aussi, je veux en être. Quand j'étais plus jeune, j'ai failli être mannequin, tu savais ? Mais j'étais pas suffisamment grande. » Je lui ai demandé comment elle s'était retrouvée à travailler pour l'émission. Des études de communication et un peu d'événementiel, la rencontre avec Bertrand qu'elle admirait et qui lui avait trouvé ce poste. « Il m'a même dit qu'un jour il m'inviterait dans sa maison de vacances à Saint-Barth. Elle est tout en marbre. Bon, jusqu'à présent, il ne l'a toujours pas fait, mais... On est quand même mieux ici qu'en prison, non ? » Je ne savais pas si je devais rire ou être horrifiée par la question de Sandrine. Au moins, elle avait les pieds sur terre. Une relativité bienvenue.

Dès que je franchissais le seuil de l'appartement, les oiseaux me faisaient la fête, piaillaient et gazouillaient avec joie. Je passais de longues minutes à scruter leurs plumes. Rouge. Orange. Vert. J'appréciais la manière dont ils picoraient leurs graines. Lorsqu'on les tenait dans la main, ça faisait de petites chatouilles. Je leur caressais la tête, chacun son tour, je ne voulais pas faire de jaloux. Ils se blottissaient l'un contre l'autre et se léchaient mutuellement. J'avais l'impression de nous voir, Lulu et moi, comme dans un miroir.

4

Ce jour-là, quand j'ai poussé la porte, le hangar était plongé dans un silence inquiétant. Dans le doute, j'ai jeté un rapide coup d'œil au calendrier sur mon téléphone : ce n'était pas un jour férié. Se glissant à mes côtés, Sandrine m'a éclairée : Bertrand a un rhume, il ne peut pas tourner aujourd'hui. J'allais faire demi-tour pour rentrer chez moi. Je pensais déjà au moelleux de notre matelas et à la tête de Lulu, très très heureuse de me voir revenir. Marc a détruit mes espoirs.

— On va en profiter pour faire une session de team building.

— On va aller au parc Astérix ?

— Non, Sandrine, on n'a pas le budget, tu sais bien...

Elle a eu l'air déçue. Mais, constatant que j'étais perdue, elle s'est tournée vers moi.

— Un team building, c'est pour souder les liens entre collègues. Tu vas voir, c'est super. C'est très important pour la cohésion de l'équipe.

— Attends, ils nous forcent déjà à passer huit heures par jour ensemble, ils ne peuvent pas en plus nous obliger à nous apprécier.

Une maquilleuse, qu'il me semblait voir pour la première fois, m'a tapé sur l'épaule.

— Ha ha, ce que tu es drôle, ma chérie ! Ici, tout le monde s'adore, tu le sais bien.

On a donc commencé par former un grand cercle et nous nous sommes assis par terre, comme dans les réunions des Alcooliques Anonymes ou dans une secte. Marc présidait la cérémonie.

— Chacun va dire une qualité de quelqu'un d'autre. Du tac au tac, sans réfléchir. Il faut que ça vienne du cœur.

Les qualificatifs positifs fusaient en tous sens. C'était une éruption, un volcan de congratulations. Quand mon tour est arrivé, j'ai été prise de court. Tous les regards se sont fixés sur moi.

— Sandrine a des yeux.

— Des yeux quoi ? a grogné Marc.

— Bleus.

— Mais enfin, t'es stupide ou quoi ? C'est pas une qualité d'avoir des yeux.

— En fait, si, dans son acception large, le terme « qualité » regroupe les caractéristiques propres à un individu, qu'elles soient innées ou...

— Blablabla, dans son « acception » blablabla, on comprend rien à ce que tu racontes, ma grande. Un compliment, c'est si difficile ? Bon, au suivant.

Après que tout le monde est passé, on a resserré la ronde pour un câlin collectif. Ça sentait la transpiration et l'hypocrisie. Évidemment, personne n'avait réussi à résumer mes qualités. J'étais assez triste d'avoir raté l'exercice. J'en avais marre d'être méprisée. La petite nouvelle dont on se moque discrètement. Je voulais être appréciée, appartenir à ce groupe, même si celui-ci consistait en un conglomérat de solitudes réunies dans le seul but de gagner assez d'argent pour se nourrir et se loger.

— T'inquiète, m'a réconfortée Sandrine, la prochaine fois on ira au parc Astérix et ce sera mieux.

J'ai eu envie de la prendre dans mes bras.

*

Le soir, j'ai retrouvé Lulu assis sur le canapé. Il trépignait. Il faisait de petits bonds comme une puce, se rongeait les ongles, se tirait les cheveux. Dans la main gauche, il tenait un pistolet à colle. Dans la main droite, un ticket. Il fixait l'écran de la télé avec une grande avidité. Je voyais le programme se refléter dans sa rétine : le loto.

— Me dis pas que tu joues à ça ! On gagne jamais, c'est un attrape-nigaud. Tu sais que t'as plus de chances de te faire foudroyer que de tirer les numéros gagnants ?

— Chut-chut, la rabat-joie, le coup de foudre est déjà arrivé avec toi, alors j'y crois. J'ai les deux premiers numéros.

Mais les suivants se sont avérés différents. De rage, Lulu a fait quelque chose de totalement inattendu. Il a froissé le papier dans sa main jusqu'à le réduire en petite boule et l'a avalé. J'ai tant ri que j'ai failli m'étouffer. On a mangé des pizzas surgelées en regardant un film puis on a fait l'amour. Aux côtés de Lulu, au moins, j'avais l'impression d'être importante, et le reste ne comptait plus. Grâce à lui, notre vie de smicards était moins pénible, peut-être même assez douce, en fin de compte.

*

Le lendemain matin, en allant dans la cuisine pour me préparer un thé, je suis tombée sur Lulu penché sur son œuf à la coque, le regard songeur. Son poignet esquissait un mouvement las pour tremper son bout de pain dans le jaune. La petite virgule sur sa joue s'était rétractée. « Tout va bien ? » j'ai lancé, mais il n'a pas dû m'entendre. Il m'a embrassée sur le front et a continué à manger en silence. J'ai risqué la question une nouvelle fois. Lulu a enfin levé les yeux de son assiette.

— J'ai une boule dans le cou.

— Oui, Lulu, ça s'appelle la pomme d'Adam. Tu la découvres seulement maintenant ?

Il n'a pas relevé la tête. Mauvais signe. J'ai cherché une autre explication. Lulu avait peut-être la même boule que celle qui me poursuivait depuis l'adolescence ? C'était sûrement contagieux. Je m'en voulais. Il avait l'air si préoccupé.

— Mon amour, je te comprends, tu sais. Tu ne te sens pas valorisé dans notre société ? Tu as l'impression d'être un individu en demi-teinte, de n'être personne pour les gens qui t'entourent ? Rappelle-toi Nietzsche, Lulu : « Deviens ce que tu es. »

— Mais enfin, Anna, qu'est-ce que tu racontes ?

Mince, ce n'était pas la même boule. À court d'idées, j'ai pensé à nos oiseaux. Depuis quelques jours, l'un d'eux était maussade.

— Alors c'est à cause d'Estragon ? Faut pas t'en faire pour lui. Peut-être qu'il est triste.

— Non, Anna, tu ne comprends rien, j'ai une boule dans le cou, pour de vrai. Touche. J'ai pris rendez-vous chez le médecin ce matin.

Ça faisait une grosseur du côté gauche. Je me suis sentie stupide, incapable de trouver les mots pour le réconforter. Déjà sur le pas de la porte, je lui ai juste juré que tout irait bien. Je ne me suis pas retournée en marchant sur le trottoir, je n'en avais pas besoin, je savais qu'il me regardait.

La journée a filé à toute allure. Même chorégraphie. Bras levés. Rires. Clap clap pour les applaudissements. Pour rehausser le niveau du public gratuit, la production avait aussi engagé des spectateurs professionnels. Je trouvais ce métier encore plus dingue que le mien. Des personnes étaient payées pour assister à des émissions en tout genre. Je n'avais aucune idée des études qu'il fallait avoir suivies pour exercer ce travail. Mais leurs compétences sautaient aux yeux. Les rieurs professionnels ne fatiguaient jamais. Leurs cordes vocales vibraient sur commande, haut et fort. Certains avaient un rire particulier, j'adorais les écouter. Ils me faisaient penser aux solistes d'un concert philharmonique.

— Qu'est-ce qu'a dit le médecin ?

— Pas grand-chose, rien d'anormal. C'est une grosse angine.

Ce soir-là, Lulu et moi nous sommes couchés en cuillère, mon dos réchauffé par son ventre et la réciproque. Il ne s'est pas endormi tout de suite, alors je lui ai proposé une tisane pour faire passer son mal de gorge. Il a pressé mon bras très fort en me disant qu'il m'aimait.

Vers 2 heures du matin, mon téléphone a vibré. J'ai essayé de l'ignorer, mais l'appel était insistant. J'ai décroché et entendu la voix de Sophie, paniquée :

— Pourquoi Dieu existe ?

— T'as pas une question plus vaste au milieu de la nuit ?

— Chez Descartes, pardon, je suis en plein dans les *Méditations*. La première preuve, je crois que j'ai compris, mais pas la deuxième, avec l'argument ontologique.

— En fait, c'est plutôt un argument ontologico-axiologique, tu vois, parce qu'il part du présupposé de la plus grande valeur de l'existence sur l'inexistence. Grosso modo, c'est mieux d'être que de ne pas être, et comme Dieu est parfait, il *est* forcément.

— Aaaaah, OK. Et tout ça pour qu'il soit tué chez Nietzsche après ?

— Ouais, pas de bol, hein... Et chez Deleuze, c'est un homard à double pince, je te dis pas la déchéance...

— Quoi ? T'es sérieuse ?

— Écoute, le mieux, c'est que t'évites de parler de Dieu dans ta copie, OK ?

J'ai expliqué tout ça en murmurant pour ne pas réveiller Lulu. Satisfaite, elle m'a enfin lâchée, et j'ai pu me rendormir. Le repos n'a pas duré longtemps : vers 6 heures, ça s'est agité à côté. Croyant que c'était encore Sophie, j'étais prête à l'insulter lorsque je me suis aperçue que ce n'était pas mon téléphone qui vibrait, mais Lulu. Il était traversé de spasmes atroces. Contorsions dans tous les sens. Une douleur terrible dans le ventre. Il se raclait la gorge. Quelque chose veut sortir, qu'il disait. Je lui ai demandé s'il avait besoin d'un cachet, mais Lulu s'est précipité dans la salle de bains.

— C'est peut-être les restes de la pizza d'hier, on n'aurait pas dû les manger, lui ai-je crié à travers la porte.

Pour toute réponse, un borborygme. Je guettais le bruit de la chasse d'eau pour m'assurer que tout allait bien, mais il m'a appelée :

— Anna, viens voir, y a un truc bizarre dans la cuvette.

— Lulu, je t'adore, mais pas au point d'inspecter ton vomi.

— Viens, je te dis, c'est trop étrange.

On m'attendait au studio, j'étais somnolente et irritée. Je me suis extirpée du lit en bougonnant pour le rejoindre. J'ai passé ma tête dans l'embrasure. Plan zénithal sur le sommet du crâne et la petite eau trouble. Un objet flottait au fond de la cuvette. Lulu a plongé sa main à l'intérieur pour l'attraper.

— Mais t'es dégueulasse, qu'est-ce que tu fais ? Je vais finir par vomir, moi aussi.

Il ne m'écoutait pas. Je pensais, ça y est, il est devenu carrément barge, il va falloir l'interner. Je voulais juste un amoureux, une passion simple, pas d'hôpitaux psychiatriques aux murs capitonnés. Pendant ce temps, Lulu a sorti des toilettes un machin qui ressemblait à du papier et l'a déplié. La claque.

— Tu vois la même chose que moi ?

— T'es un grand malade, t'as avalé un billet de banque ?

— Non, je te jure que non. Ou alors je ne m'en souviens pas... C'est peut-être arrivé par accident ?

— Avaler vingt balles sans le savoir ? T'as déjà vomi... ça auparavant ?

— Oui, bien sûr, Anna, tous les matins. T'as pas vu ma Ferrari garée en bas de l'immeuble ?

— C'est pas la peine de t'énerver, j'essaie de comprendre...

Tu as mal quelque part en particulier ? Dans ton ventre, ça gargouille ?

— Non, pas tout à fait. Vas-y, tu vas être en retard. Faudrait pas que le grand Bertrand s'en aperçoive. Ça va aller, ça doit être un accident, vraiment.

— T'es sûr ? En attendant... Je ne sais pas, ne mange plus rien et bois de l'eau ?

— Ha ha, c'est tout ce que tu as comme conseil ? File, je te dis, je vais me reposer !

— Tu m'appelles si ça dégénère ? Tu m'appelles, hein ?

Sur le chemin, je n'ai pensé qu'au billet. Comment s'était-il retrouvé à l'intérieur de Lulu ? J'ai ouvert mon porte-monnaie pour voir s'il m'en manquait un. Bingo, il était vide ! La seconde d'après, j'ai pris conscience que je n'avais jamais de liquide. Alors j'ai cru à un gadget de farces et attrapes, du genre un paquet de chewing-gums qui envoie une décharge électrique à celui qui s'en saisit, ou encore une fausse cicatrice en latex. Mais au fond de moi, je savais que c'était différent, il semblait malade. Peut-être que le billet était collé sous la pizza, et qu'il ne l'avait pas senti en mangeant ? En même temps, la probabilité pour qu'un billet se coince à cet endroit était mince. J'enchaînais mes gestes habituels sur le plateau tout en étant ailleurs.

Avec cette histoire, je n'ai pas eu le temps de m'acheter à manger. Avant ou après le travail, j'avais pris l'habitude de faire ma « gamelle » pour le repas du midi. Virée obligatoire au supermarché, soit le matin très tôt, soit le soir très tard. À ces heures inhabituelles, j'y côtoyais une population hétérogène. Des mères de famille débordées poussant des chariots pleins à craquer de gamins et de nourriture. Elles achetaient en gros. Boîtes de conserve. Lait en poudre. Barres de céréales. Cordons-bleus. Tout ça en quatre, cinq, voire six exemplaires. Les enfants râlaient en voyant les haricots verts atterrir dans le caddie. Ils hurlaient lorsque leurs mères contournaient le rayon des bonbons. Il y avait aussi quelques cadres, des gens plus aisés. Les solitudes supérieures. Ceux-là achetaient des barquettes individuelles à faire réchauffer au micro-ondes. Vite fait. Enlever le carton. Percer l'opercule. Une à trois minutes, et c'est bon.

Moi, je déambulais accroupie. Démarche animalière. J'achetais les produits les moins chers, tout en bas des rayonnages. Invisibles pour les cadres. En dehors de leur radar. Fallait bien vérifier les dates, les enseignes n'en ont rien à faire de refiler aux pauvres des produits périmés. Que des sous-marques. Des emballages qui donnent envie de se tirer une balle en pleine tête. Pas la peine de faire des fioritures, eux ont seulement besoin de se nourrir. Remplissons-les de graisses saturées, de produits cancérigènes. Origine naturelle ? Faut pas rêver. Un mix de colorants et de conservateurs, quelques arômes artificiels, et l'affaire est dans le sac. Le panier pour la semaine à soixante-sept euros. Mince, c'est deux euros de trop. Tant pis pour le gel douche, je mettrai de l'eau dans la bouteille de l'ancien, ça fera de la petite mousse, mais ça lavera quand même.

À côté du studio, il n'y avait rien pour se restaurer. Alors, à l'heure de la pause, la faune se divisait en deux catégories. La première, dont je faisais partie, était celle des petites mains travailleuses avec tupperware en plastique et dis-moi t'as pas un peu de sel s'il te plaît j'ai oublié d'assaisonner. Les hommes et femmes en noir, parfois même les candidats de l'émission. Dans une loge aux canapés confortables, la seconde catégorie : Bertrand, les producteurs lorsqu'ils voulaient jeter un œil au bon déroulement des événements, et les membres du jury, starlettes des années 2000 et chanteurs populaires. Une camionnette venait spécialement pour les ravitailler. Des plats qualité traiteur d'établissements connus. Le prénom de chacun était calligraphié à la main sur des sacs en papier kraft. Le fumet nous parvenait par effluves, Sandrine reniflait fort. Les cuisiniers connaissaient leurs allergies par cœur. Leurs goûts étaient pris en considération, une attention de chaque instant portée à leurs petits êtres. Alors que pour nous, il en allait tout autrement. Si, par mégarde, le deuxième éclairagiste avait avalé de l'huile d'arachide et que sa gorge avait gonflé jusqu'à l'œdème, presque personne ne s'en serait aperçu.

La séparation était immuable. À travers la cloison, on entendait le bruit de leurs fourchettes et leurs rires légers. Insouciants. Bien différents de ceux du public. Soyeux à l'oreille. J'aurais voulu avoir le même, et que le chef d'un restaurant sache que je n'étais allergique à rien, mais que je n'aimais pas les petits pois. Faute de mieux, je me suis contentée des cookies du distributeur, achetés avec des pièces jaunes et rouges repêchées au fond de ma poche.

*

Lulu était blême, encore plus pâle que d'habitude, presque transparent. Il avait de la bave séchée au coin des lèvres. Mi-humain, mi-ectoplasme. Une membrane vide. J'évitais de le toucher de peur qu'il se liquéfie sous mon étreinte. Ses yeux avaient changé de couleur, tirant désormais sur le turquoise. Je ne lui ai pas demandé comment il se sentait, de toute évidence, ça n'allait pas. Il m'a fixée et a reculé avec précaution. Devant lui, une bassine remplie de papiers bleus : des billets de vingt euros. Il y en avait au moins une cinquantaine.

— Ça n'a pas arrêté de la journée.

— C'est trop grave. On devrait aller aux urgences.

— Et qu'est-ce qu'on va leur dire, que je vomis des billets ? Que je me suis transformé en distributeur automatique ?

Il crachait ces phrases avec une voix éraillée.

— Lulu, on ne peut pas plaisanter avec ta santé. Si ça sort comme ça, t'imagines dans quel état tu dois être à l'intérieur ?

— Laisse tomber, Anna. Ça va se calmer, j'en suis persuadé. Et puis, t'as envie qu'ils m'emmènent ? Que je devienne un cobaye ?

— T'as raison, il vaut mieux garder ça secret, au moins quelques jours. Mon pauvre amour, tu dois avoir mal à la gorge, le papier, ça coupe.

Après un instant d'hésitation, Lulu m'a regardée timidement.

— Tu crois que ce sont des vrais ?

— Y a qu'un moyen de le savoir. Ne bouge pas, je m'occupe de tout.

Pour commencer, j'ai tiré les rideaux et préparé un lait chaud au miel pour apaiser ses douleurs. Ensuite, j'ai ouvert le placard de la salle de bains et branché le sèche-cheveux. Les billets étaient gluants et froissés. J'en ai saisi un, je l'ai aplati avec la paume de la main et je l'ai passé sous le souffle d'air chaud en le retournant plusieurs fois. Le résultat restait dégoûtant. La bile séchée recouvrait le papier d'une croûte blanchâtre qu'il fallait gratter avec l'ongle. Moyennant quelques efforts, le billet a fini par reprendre une forme correcte.

Dehors, il faisait déjà nuit et le froid mordait sévèrement. Je me suis amusée à faire semblant de fumer en expirant puis je me suis rappelé ma mission urgente. Le tabac que je cherchais se trouvait à l'angle de la rue. Un bar-tabac même. PMU avec cigarettes, jeux à gratter, du Picon bière et des cacahuètes aux trente-six échantillons d'urines différentes. Il était tenu par Christelle qu'il ne fallait pas trop chercher. Ça peut partir vite, qu'elle disait aux poivrots notoires. Elle n'avait pas de machine à carte bleue et à chaque encaissement, elle inspectait les billets avec attention. D'un œil expert, Christelle les palpait, les étirait, les scrutait par transparence. Et quand on la taquinait, elle répliquait toujours : « En fait, je travaille à la DGSE, ici c'est juste une couverture. » Rien ne pouvait lui échapper.

Je me suis approchée avec appréhension et lui ai tendu le papier bleu.

— Bah merci, la petite, mais qu'est-ce que tu veux ?

— Ah, heu, un paquet de chewing-gums et une canette de Coca, s'il vous plaît.

Elle a exécuté les manipulations d'inspection habituelles puis a ouvert le tiroir-caisse. C'était bingo. Test infaillible. Elle m'a rendu la monnaie et je suis partie en courant, comme si j'avais peur qu'elle me rattrape ou me signale à la Banque de France. J'ai remonté l'escalier en grimpant les marches deux à deux et j'ai tout expliqué à Lulu. Il n'en revenait pas.

C'est pas possible, qu'est-ce que c'est que cette affaire ? Il n'a pas eu le temps de s'attarder que, déjà, un nouveau flot de billets sortait de sa bouche. Je lui ai maintenu la tête en arrière une bonne partie de la nuit.

5

L'objectif du week-end était de réfléchir à ce qu'on allait faire. On a séché tous les billets et j'ai compté sans relâche. Deux mille cinq cent vingt euros. Lulu était épuisé. En quelques jours, il avait perdu du poids, son corps était parcouru de tics nerveux. Parfois, les billets se coinçaient dans sa trachée, comme des boules de poils chez les chats. Il se raclait la gorge, toussait et finissait par retirer l'amas glaireux avec sa main. L'intérieur de ses joues, recouvert de microcoupures, saignait en permanence. Lulu l'enduisait d'une crème contre les aphtes qui n'arrangeait rien. Au contraire, les plaies s'infectaient doucement. Parfois, il recrachait du pus.

— Si tu veux pas voir un médecin, tu pourrais au moins consulter un dentiste.

— Ça va cicatriser, et puis je te promets, ça ne fait pas si mal. Le plus douloureux, c'est que tu ne veuilles plus m'embrasser.

Quel idiot. Je me suis approchée de ses lèvres crevassées et j'y ai collé les miennes. Il se voulait rassurant parce qu'il m'aimait. Mais moi, devant son corps en souffrance, je paniquais. J'avais peur de le perdre, sans savoir comment l'aider.

Ce samedi-là, on a pris un bon petit déjeuner à la boulangerie pour lui redonner des forces : plusieurs pains au chocolat et même un jus d'orange fraîchement pressé. À la réflexion, je me suis dit que ça devait lui brûler terriblement la bouche. Pourtant, Lulu restait impassible, il ne voulait pas gâcher le moment. D'ailleurs, ce n'était pas fini : au lieu de remonter à l'appartement, il m'a annoncé qu'il avait une surprise pour moi.

On a pris le métro jusqu'aux Champs-Élysées. D'ordinaire, on n'y mettait jamais les pieds, faut dire qu'on n'avait pas grand-chose à y faire. La grande avenue se déployait devant nous. Beaucoup de voitures aux moteurs puissants. Hordes de touristes aux bras chargés de sacs. Mendiants qui suppliaient sans que personne s'arrête. Des arbres exhibant leurs branches nues, habillés seulement de guirlandes de Noël tout juste accrochées. Après quelques minutes de marche, Lulu s'est arrêté devant une boutique de luxe.

— Allez, Anna, entre. Prends-toi quelque chose qui te plaît, c'est moi qui offre.

— C'est trop cher, Lulu, t'es fou. On n'a pas les moyens...

— Pas les moyens ? J'ai des petites coupures plein les poches. Entre, je te dis, tu travailles très dur, ça me fait plaisir.

À peine passé le seuil de la boutique, j'entendais déjà les gloussements des autres clientes. Des rires aussi cristallins que ceux qui retentissaient de l'autre côté de la cloison au studio. Je me suis laissé bercer par les vêtements aux textures raffinées et par l'odeur enivrante du parfum d'atmosphère.

On détonait beaucoup, Lulu et moi, alors l'agent de sécurité nous suivait à la trace. Mes yeux se sont posés sur un sac. Du cuir épais. Le logo de la marque suffisamment gros pour qu'on le remarque, suffisamment petit pour ne pas faire vulgaire. J'ai tourné un visage plein d'espoir en direction de Lulu, qui a acquiescé. La seconde d'après, je me suis ravisée et j'ai reposé le sac.

— Non, non, il faut être raisonnable, en plus, c'est pas moi, ce sac. Je m'en fiche, de tout ça, rentrons nous mettre sous la couette.

— Hors de question, prends-le et arrête de culpabiliser.

On s'est présentés à la caisse. La vendeuse a affiché une moue étonnée. Elle a répété le montant plusieurs fois pour être sûre que nous comprenions bien où nous avions mis les pieds. En liquide, s'il vous plaît. Elle s'est montrée encore plus étonnée. Dès l'achat effectué, j'ai plaqué le sac contre ma poitrine de crainte de tomber sur des pickpockets. Sur le chemin, Lulu a eu quelques haut-le-cœur, et on s'est dépêchés de rentrer. Une fois la porte de l'appartement fermée, il a pu se vider à son aise.

On a décidé de prendre la situation au sérieux. Dès le lundi suivant, Lulu irait à la banque pour déposer les billets sur nos comptes. Histoire d'y voir un peu plus clair pour l'avenir. Responsable. Épargne logement. Assurance vie. Comptabilité de couple et tableau Excel. En attendant, les billets séchaient sur des cordes que j'avais tendues en travers du salon. Le chauffage de la salle de bains en était recouvert lui aussi. Un aquarium géant : on voyait bleu. L'air était devenu irrespirable. J'étais obligée de porter un masque de piscine, pour l'odeur. Je diffusais du désodorisant pour toilettes un peu partout.

Vanille et fleur de coton. Ça aurait été le comble que les voisins pensent qu'on dissimulait un cadavre.

— Demain, fais le tour de la résidence, hein ? Histoire que Thérèse et les autres croient pas que je t'ai assassiné.

Je mettais du Chopin pour atténuer le bruit des dégueulis.

J'ai employé la journée du dimanche à faire des petites liasses de deux cents euros que j'ai planquées dans la chambre tant bien que mal. On habitait dans un des arrondissements qui ternissaient l'image de la Ville lumière. Un de ceux que la mairie aurait bien aimé refiler à une autre commune. Un de ceux qui font l'objet de reportages immersifs aux côtés de la police, programmés très tard sur les chaînes de la TNT et censés vous rendre parano, à vous faire croire qu'un homme en noir vous attend à chaque coin de rue pour vous planter un poignard dans la gorge, vous plumer ou voler votre iPhone. À mon grand étonnement, j'avais aussi cédé à cette psychose. Il était si rare que l'on possède quelque chose de précieux : il fallait le protéger.

Le dimanche soir, en récompense de toute cette organisation et de ces efforts, on est allés dîner au restaurant. Pour la première fois, on fermait le verrou à double tour. En découvrant la carte, je me suis rendu compte que les prix n'y étaient pas indiqués : un truc de vieux, à l'ancienne. Pour l'occasion, j'avais mis une petite robe coquette, un bout de tissu qui me semblait très distingué. Pourtant, en observant les femmes attablées autour de nous, j'avais l'impression d'être complètement à côté de la plaque, attifée comme la bonne à tout faire de leur villa à la campagne. Lulu, lui, n'y voyait que du feu et souriait comme un idiot, « Tu es magnifique, Anna ». Il avait fait l'effort de mettre une cravate qu'il n'avait portée qu'une fois, quand il a eu son bac. Elle était trop courte, mais à condition de rabattre les pans de sa veste, ça passait inaperçu. Il se grattait souvent les chevilles parce qu'il avait rangé quelques billets dans ses chaussettes, toujours la frayeur de se faire détrousser sur la route.

J'essayais de deviner le prix de chaque plat. Les langoustes sont-elles plus chères que le foie gras ? Ou bien l'inverse ? Il y avait des noms de plat qui n'en finissaient plus où chaque aliment apparaissait allongé sur un lit composé d'un autre aliment. Des légumes étranges, pas ceux du supermarché. Idem pour le poisson. Rien de pané, mais des espèces alléchantes, comme turbot et seiche. Même le pain promettait d'être plus croustillant. J'ai commandé à l'aveugle. Éviter quoi qu'il en coûte de montrer qu'on n'y comprenait rien. Lulu a choisi le vin en faisant semblant de connaître les cépages. Des rasades de rouge hors de prix. Il y avait trop de couverts. Trois couteaux, deux fourchettes et deux verres. Ça me paraissait disproportionné. Face à tant d'opulence, intimidés par le cadre, on restait bien silencieux. Lulu tirait sur sa cravate pour détendre le nœud avec au fond du ventre l'angoisse d'un nouveau rejet. La porte des toilettes en ligne de mire, au cas où. Pour passer le temps, on écoutait les conversations des tables voisines. Ça parlait CAC 40 et ISF. C'était plus fort que nous.

— Anna, penses-tu que nous retournerons prochainement dans notre chalet de Serre Chevalier ?

— Oh oui, chéri, l'ambiance est idyllique, un vrai petit paradis. Dommage que la station se popularise de plus en plus, tu ne trouves pas ?

— Ah, ne m'en parle pas ! Toute cette racaille entassée dans des immeubles sans charme...

De nouveau détendus, on pouffait dans nos serviettes immaculées en lin épais. Le rire devenait convulsif. La flamme des bougies qui ornaient notre table vacillait. On en faisait des caisses, l'accent bourgeois exagéré en prime. Les tentures pourpres se muaient sous nos yeux en rideau de théâtre. Le parquet devenait notre scène.

— Excusez-moi, monsieur, je dois vous demander de vous calmer. Certains clients se sont plaints, vous riez trop fort.

C'est moi qui suis devenue pourpre. Mais Lulu, lui, a continué la comédie. Son plus grand rôle.

— Vous avez bien raison de vous excuser. Je ris trop fort, moi ? Je n'ai jamais été traité de la sorte. C'est scandaleux. On s'en va tout de suite. L'addition, s'il vous plaît.

Il m'a fait un clin d'œil.

— J'ai toujours rêvé de faire une scène.

— Oui, mais ce sont les mêmes qui trinquent chaque fois, ai-je précisé, dégrisée, en regardant le serveur, contrit au possible, se précipiter vers la caisse.

Quand le garçon a posé la note sur la table, Lulu s'est excusé. Il a sorti les billets de ses chaussettes et les lui a tendus.

— Il manque vingt euros, monsieur, a constaté le serveur, visiblement dégoûté.

— Ah oui, un instant, s'il vous plaît.

Lulu est parti en direction des toilettes. Entre-temps, j'essayais d'éviter les regards de l'assemblée qui nous fixait avec avidité, à l'affût d'un nouveau spectacle. Si respectables dans leurs costumes hors de prix. Si silencieux. Si polis. Si bien élevés. Si ennuyeux.

Lulu est revenu quelques minutes plus tard. Le billet était

encore plein de bave, il l'a essuyé sur son pantalon. On est repartis dignement, bras dessus, bras dessous et, en guise de salut, on s'est collés à la vitre pour adresser quelques grimaces aux mangeurs.

Je me suis endormie rapidement, le ventre plein de ces mets délicieux goûtés pour la première fois. Depuis le début des études, je m'étais habituée à des repas frugaux, principalement à base de chips. Au milieu de la nuit, j'ai entendu Schubert résonner : Lulu avait pris du retard sur son travail de la semaine. Alors, entre deux passages dans la salle de bains, il réparait les appareils de nos voisins. J'avais rapporté, cachés dans mon manteau, quelques morceaux du pain haut de gamme pour Vladimir et Estragon. Eux aussi avaient le droit de profiter de la fête. Leurs gazouillements s'étaient faits plus intenses et complétaient l'orchestre. Estragon semblait avoir repris du poil de la bête.

6

Tous les mercredis, comme promis, j'allais aider Sophie avec ses révisions. La première fois, en remettant les pieds dans son studio, j'ai cru qu'elle avait été cambriolée. L'appartement était dans un état peu croyable. Des livres ouverts jonchaient le parquet, une odeur de moisissure émanait des vêtements qui traînaient dans la machine à laver depuis des jours voire des semaines et, surtout, des dizaines et des dizaines de paquets de nouilles instantanées couvraient toutes les surfaces.

— T'as tenu un siège ?

— Arrête de te moquer, j'ai pas trop le temps de cuisiner. Fais-moi plutôt réciter le cours sur la physique aristotélicienne.

Sophie préparait des fiches qu'elle plaçait méthodiquement dans des classeurs de petit format. C'était le seul endroit rangé de sa chambre.

— Insiste surtout sur ce que j'ai surligné en jaune, c'est le plus important.

Absolument tout était surligné en jaune. Sauf les mots de

liaison comme « par » ou « donc ». J'enclenchais la première phrase et, en petit singe savant, Sophie déroulait la suite. Ses yeux divaguaient vers la droite lorsqu'elle cherchait ses mots. L'exercice s'avérait souvent fastidieux car dès qu'elle se trompait, elle tapait le bureau avec son poing (quand ce n'était pas avec sa tête) en répétant qu'elle n'y arriverait jamais, que c'était trop difficile, qu'elle était idiote. J'aurais voulu lui dire de tout arrêter, la voir dans cet état me faisait de la peine et me rappelait de mauvais souvenirs. Ce n'était plus des études, mais un marathon.

*

À l'époque, de mon côté, j'avais tout fait comme on me l'avait recommandé. Travaille dur et tu seras récompensée. Prends de l'avance. Sur quoi ? Mon mémoire, dactylographié, relié, la note écrite dessus au feutre rouge épais : 18. Un excellent travail, avait certifié mon directeur. Le jour de la soutenance, j'avais les coudes endoloris par toutes ces heures passées à la bibliothèque à feuilleter des ouvrages. Les grandes portes de la fac étaient ouvertes, j'avais l'impression qu'elles l'étaient rien que pour moi. Des projets plein la tête. Le visage rayonnant du professeur m'accueillait. Un travail de recherche très approfondi, peu de choses à redire, oui, décidément, vous êtes une bonne philosophe, apprentie philosophe mais philosophe quand même. Du potentiel à s'en étouffer. J'avais les joues rouges de gêne et de satisfaction. Alors je me suis lancée, comme un bouc, la tête en avant, prête à tout défoncer. Je me suis emballée, j'ai évoqué mon projet de thèse : « Le transhumanisme entre performance et effacement », l'envie de poursuivre le travail, la possibilité d'étendre la recherche. Il a eu un rire embarrassé, a baissé les yeux.

— Vous avez les moyens de financer votre thèse ?

— C'est-à-dire ? Je pensais à une bourse, un contrat doctoral.

— Anna, les contrats doctoraux se comptent sur les doigts d'une main. Et vous êtes trop nombreux, certains contrats sont déjà pourvus deux ans à l'avance. Vous ne pourrez pas en obtenir un. Si j'étais vous, je chercherais un vrai travail. La fac en sciences humaines, c'est un peu comme le *Titanic*, vous voyez, l'orchestre continue à jouer, mais le bâtiment est bien en train de couler. Regardez les fissures au plafond.

J'ai cru que c'était une métaphore, mais non, de son doigt il pointait effectivement le plafond. Une fuite d'eau marron y dessinait une large auréole.

— Et l'enseignement ? Si je passe le CAPES, je pourrais faire de la recherche après ? Et écrire un livre, animer des colloques ?

Il n'a pas répondu. J'ai pris son silence pour un « non » poli. Bim, l'ascenseur social venait de me déposer au sous-sol. Terminus, tout le monde descend. Les cornes du bouc se sont rétractées, mon menton s'est mis à trembler, mais j'ai réussi à ravaler ma fierté malgré la boule. Rester de marbre. Un serrage de mains en bonne et due forme, au revoir, monsieur, oui, je vous tiendrai au courant. Vous avez un plan B ? Bien sûr, mais plutôt un plan P pour Pôle emploi, comme mes camarades. Ha ha, vous avez de l'humour en tout cas. Merci, merci, à défaut d'un avenir j'ai au moins ça. Quand je suis sortie, j'appréhendais déjà de devoir appeler mon père.

— Alors, au moins 16, je parie ?

— 18, même, papa.

— Bravo, ma fille ! Comme tu dois être contente ! Et pour la suite ? La bourse de thèse, c'est bon ?

— Pas tout à fait...

— Oh, mais... qu'est-ce que tu vas faire maintenant, ma chérie ? Je te l'avais dit, la philo, c'est pas vraiment un métier. T'aurais peut-être dû faire comptable, comme moi. Enfin, au moins tu t'es amusée. Passe ce soir à la maison, je te ferai des crêpes, il faut quand même célébrer ton diplôme !

Pour mon père, disséquer *Être et temps* de Heidegger à coups de commentaires de texte de six heures était donc une partie de plaisir. Force était de constater qu'il n'avait pas tort : c'étaient des études superflues puisqu'elles ne menaient à rien. J'ai fait semblant de déborder d'objectifs pour l'avenir, j'ai pris un verre avec des amis, et je sentais toujours la boule dans la gorge au moment de me coucher. Mémoire rangé. Bien caché. Laissé derrière. Il fallait passer à autre chose.

*

D'ordinaire, le reste de nos soirées de révision était consacré au réconfort de Sophie. Je la berçais dans mes bras en tentant de trouver des phrases d'encouragement. J'aurais pu me replonger dans les *Lettres à Épicure*, mais c'était trop de travail, alors j'essayais de la contenter avec des citations niaises puisées sur Internet. « Le bonheur n'est pas toujours dans un ciel éternellement bleu, mais dans les choses les plus simples de la vie » de Confucius, ou encore le proverbe indien « Si tu vois tout en gris, déplace l'éléphant ! ». Sophie reniflait et ouvrait un paquet de nouilles.

— Mais tu les fais pas cuire ?

— Je t'ai dit que j'avais pas beaucoup de temps pour la cuisine.

Elle croquait dans le bloc sans plus de manières, après l'avoir saupoudré de sel et de poivre.

— T'es sûre que tu veux pas goûter ? C'est pas si mauvais.

*

Métro. Métro. RER. Il s'est passé un truc formidable. Quand j'ai franchi la grande porte métallique, j'ai immédiatement été accueillie par un « Bonjour, Anna » de Marc : il avait retenu mon prénom. Les autres aussi. Sourires à tire-larigot et on s'écarte sur mon passage. Tu veux un café ? Malgré mon incompréhension la plus totale, je me sentais flotter sur un nuage.

— Il est trop beau, ton sac, et il a l'air neuf ! Me dis pas qu'il est neuf !

Sandrine s'est jetée sur moi. Elle avait un hématome sous la paupière et avait essayé de le masquer avec une mèche de cheveux. Au travers, on pouvait voir la couche épaisse d'anticernes supposée dissimuler la blessure, mais dont la teinte trop verdâtre ne faisait que l'accentuer.

— Si, si, c'est un cadeau de mon copain. Mais qu'est-ce qui t'est arrivé ? Tout va bien ?

— Oh, ça, t'inquiète. Je me suis pris la porte.

Elle a haussé les épaules pour souligner son étourderie. Puis a changé de sujet :

— Wouaw, mais il est trader ou quoi, ton mec ? Il aurait pas un ami pour moi ?

Tout excitée, elle retournait le sac dans tous les sens, fourrait sa tête à l'intérieur.

— C'est le modèle de la nouvelle saison ? J'ai vu la pub sur un Abribus. T'as de la chance. T'as changé quelque chose à tes cheveux aussi ? Ah non ? Tu devrais. Peut-être un lissage pour les rendre plus brillants ?

Bertrand nous a réunis dans la grande salle. L'heure était grave. Une des rares fois où je l'ai vu sans maquillage. J'ai peiné à le reconnaître. Un homme âgé, son front comme un parchemin ridé et la bedaine mal dissimulée sous la chemise. Les résultats d'audience pour le télécrochet de musique étaient catastrophiques. Bertrand criait au scandale. On essayait de l'évincer, c'était certain. Il gesticulait en tous sens, ponctuait son exposé de « Vous vous rendez compte ? » et, sous la contrainte, ses fidèles dont je faisais désormais partie hochaient la tête avec respect. Il avait beau conspirer, les chiffres étaient catégoriques. Les spectateurs en avaient assez des chansons. C'est pourquoi la production a décidé de prendre un virage à cent quatre-vingts degrés. Ils lançaient une nouvelle émission. Il fallait se réinventer, toujours surprendre. Nouveau décor, nouveau jury, nouveau concept. Le temps est maussade, les journées au bureau harassantes. Que demande le peuple ? Rire. C'était la réponse que les producteurs avançaient. L'émission consisterait désormais en un défilé d'humoristes proposant des stand-up de quelques minutes. La chaîne demandait de la joie, mais aussi de la violence. Certains artistes devaient se faire huer. C'étaient les jeux romains.

Pour Sandrine, ça ne changeait rien. Qu'elle participe à du télé-achat, à une émission politique ou de cuisine, son travail n'évoluait pas d'un pouce : les moches restaient au fond. Quant à moi, en revanche, l'objectif serait différent. Les rires ne devaient pas seulement s'entendre, ils devaient constituer l'identité même du programme. Un ouragan. Une pluie torrentielle. Une mousson tropicale. Les métaphores du directeur de production étaient nombreuses. J'allais avoir du pain sur la planche.

Avant que l'enregistrement débute, Bertrand m'a priée de le rejoindre dans son bureau. En fait, pas tout à fait, il a claqué des doigts en regardant dans ma direction et j'ai compris que j'étais censée le suivre. Il travaillait dans une pièce chaleureuse meublée de fauteuils club en cuir. Je n'ai pas pu m'empêcher de les caresser discrètement. Sur les murs : le palmarès du présentateur. Une myriade de photos de lui dans des situations avantageuses. Bertrand qui serre la main d'Iggy Pop. Bertrand qui boit un verre avec Alicia Keys. Bertrand en grande discussion avec le président de la République. Celle-ci était imprimée en taille affiche pour marquer l'importance de l'événement.

— Bon, comme c'est votre premier jour, je tenais à me présenter en personne. Vous avez dû entendre beaucoup de choses à mon sujet, ma réputation me précède souvent, comme on dit.

Ça faisait plus de six mois que je travaillais dans les locaux. Mais je n'ai pas osé le contredire. Il m'a raconté tout son parcours. L'enfance difficile dans un quartier populaire. Fils d'immigrés. L'assimilation ardue et les moqueries à l'école. La rencontre du mentor. Le travail. La sueur. La discipline.

Et la consécration. Son premier passage à la télévision, à l'époque où il n'y avait encore qu'une chaîne. Je l'écoutais religieusement. J'aurais presque eu de la peine pour lui si mes collègues ne m'avaient pas avertie que c'était du baratin. Je n'étais pas en colère, il fallait bien façonner sa légende. Créer le mythe. Dans ce milieu, se fabriquer une histoire était monnaie courante. J'ai pris mon mal en patience jusqu'à ce qu'il finisse en énumérant les propositions de contrats qui tombaient en une pluie miraculeuse sur sa tête.

— J'ai une maison de vacances à Saint-Barth, on pourrait y aller ensemble un de ces jours, elle est tout en marbre.

Nouveau claquement de doigts et regard vers la porte : je pouvais disposer. Juste avant que je franchisse le seuil, Bertrand m'a lancé :

— Au fait, très joli sac, Anna. C'est la robe et les chaussures qu'il faudrait changer maintenant. Pour être assortie, vous voyez.

Je n'en croyais pas mes oreilles. Les contours de mon existence se dessinaient enfin aux yeux des autres, comme par enchantement. Je prenais une consistance.

La première émission du nouveau format a été un franc succès. Les Français en redemandaient, de la bidonnade. Juste après le boulot et avant les drames du JT. Heure bénite. Les statistiques s'envolaient. À l'issue de l'enregistrement, je me sentais deux fois plus fatiguée qu'après l'émission musicale, et mon salaire n'avait pas doublé pour autant.

Lulu, de son côté, est allé à la banque dans la journée. Il a approvisionné son compte, mais aussi le mien. Les sommes suffisaient largement pour couvrir deux mois de loyer, les factures d'électricité et de gaz, et même nos passes Navigo.

Une nouvelle fournée séchait sur le fil. Lui s'était remis au travail avec une ardeur redoublée. Bruno du quatrième lui avait apporté un micro-ondes assez délicat à réparer. Entre les billets et les objets cassés, on commençait sérieusement à manquer de place. J'ai mis plusieurs minutes à retrouver la cage de Vladimir et Estragon.

— Tu crois pas qu'on pourrait déménager ?

— Oui, pourquoi pas, tu voudrais louer plus grand ?

— Louer ? Mais non, Lulu, avec tout l'argent que tu produis, on peut acheter. Comme ça, ce sera à nous pour toujours. La pierre, c'est ce qu'il y a de plus sûr.

7

L'officine de la banque sentait le patchouli et le produit désinfectant. Ça me faisait éternuer. Leïla, notre conseillère, parlait avec une voix mielleuse dont la douceur faisait penser à une berceuse. Elle nous a accueillis avec un sourire qui lui barrait l'intégralité du visage. Qu'est-ce que je peux faire pour vous ? Un prêt, mais oui, c'est la bonne période, les taux sont extrêmement bas, il faut investir, je vous offre un café ? Un thé ? Un projet d'achat immobilier, c'est avant tout une relation de confiance, apprenons à nous connaître. Moi, je travaille pour le bien-être des clients, une sorte de médecin si vous préférez, une médecin de l'argent, hihihi. Vous êtes un peu jeunes, c'est vrai. Mais les jeunes sont pleins d'enthousiasme et d'énergie. Et pour peu qu'ils aient fait des études de commerce, ils commencent à bien gagner leur vie très tôt, mieux que certains anciens cadres. Vous avez apporté votre dossier ? Il faut quand même que j'y jette un œil pour vous proposer la solution la plus adéquate.

Au moment où Leïla a ouvert la pochette en plastique, son sourire s'est effacé d'un coup. Les sourcils se sont froncés.

J'avais l'impression d'être de retour chez Pôle emploi. C'est comme si elle avait cru qu'on se moquait d'elle. Elle transpirait, tirait sur son col, se coiffait nerveusement.

— Avec un contrat au Smic et vous, monsieur, heu, vous vous êtes déclaré comme « bricoleur », c'est bien ça ? La banque ne pourra jamais vous accorder de prêt. Vous n'avez même pas d'apport.

— Ah si, on en a un !

C'est là que Lulu a dégainé le sac de sport en toile noir. Il a tiré la fermeture Éclair, tout heureux de prouver à Leïla qu'on avait un capital.

— Et on en a encore plusieurs comme ça !

Leïla a écarquillé les yeux. Ses globes oculaires étaient à trois millimètres de sortir de leur orbite. Bloqués entre l'attirance et le grand effroi.

— Mais comment se fait-il que vous ayez autant d'argent liquide ?

À travers ses mots, on entendait « trafic de stupéfiants », « proxénétisme » et une brochette d'autres activités illégales. Deux bandits dans un épisode d'*Enquête exclusive*. Il y avait de la bafouille de notre côté. Comment lui dire la vérité ? Lulu tournait les mots dans sa bouche. Jamais elle ne croirait à notre histoire. Il a fini par prétexter avoir vendu des objets de valeur. Leïla a gardé le même regard, sans cligner des yeux, reculant sur sa chaise comme si Lulu risquait de brandir une arme. La conseillère a ensuite pris un accent qui signifiait « me prends pas pour une conne, mais pour cette fois ça passe ». Que ça ne se reproduise plus, sinon elle serait obligée de faire une déclaration de suspicion au commissariat.

Recalés de la boîte de nuit des adultes.

Je voyais bien que Lulu avait le ventre noué. Je ne crois pas que c'était à cause de sa nouvelle maladie.

— Laisse tomber, je la sentais pas de toute façon. On va trouver une autre solution, mon Lulu, je te promets.

*

Mon collègue Thierry était le roi des bons plans. Passé trouble entre garde du corps de star, conducteur de *go fast* et camé de profession. Rentré dans le rang, qu'il disait. Maintenant, il se contentait de son perchoir à oiseau, de sa caméra et de son uniforme T-shirt/jean noir. Mais il rapportait quand même de temps à autre des babioles tombées du camion, qu'il revendait pour trois fois rien. IPhone dégriffé, écharpe en soie, rouge à lèvres d'une nouvelle collection dernier cri. Sandrine le pressait : « Y a du Dior cette fois ? » Je sentais qu'il pourrait nous aider.

À la pause déj, après avoir répondu au SMS paniqué de Sophie en lui indiquant que oui, la phénoménologie husserlienne était capitale pour comprendre l'existentialisme sartrien, j'ai rejoint Thierry. J'ai grimpé les barreaux. Ils se courbaient sous mon poids. Pourtant j'étais pas épaisse. L'échelle bougeait dans tous les sens. De là-haut, les autres paraissaient minuscules. Une fourmilière. Tous s'activaient autour de la reine, Marc le chef de plateau qui parlait dans son casque pour donner les ordres à chacun, car la pause n'en était pas vraiment une. Prendre de l'altitude, c'était chouette. Parenthèse de calme. Petite bulle de paix au-dessus de la frénésie. On arrivait même à repérer la calvitie de Bertrand lorsqu'il sortait de sa tour d'ivoire pour passer un coup de fil important. Thierry m'a expliqué comment ça fonctionnait. Il testait sa caméra en parcourant le studio. Quelques plans rapprochés sur les employés. Il scrutait les disputes de couples illégitimes et les messes basses de collègues mécontents. Il m'a mis l'œil devant le viseur et appuyait sur des boutons pour zoomer ou pour changer d'angle. Le monde est formidable quand on peut en choisir le cadrage.

Thierry fumait un cigarillo. C'était interdit, mais il s'en fichait. J'aimais cet état d'esprit. J'avais réfléchi toute la matinée et estimé que la meilleure solution était de rester le plus directe possible, tout en conservant le maximum de mystère sur la provenance de notre thune.

— Ton copain produit beaucoup d'argent, je vois. Il est dans quoi ? La verte traditionnelle, la blanche, l'héro ?

— Non, non, c'est un peu plus compliqué.

— T'as raison, ça me regarde pas.

Un homme discret, un gentleman, le Thierry. Je lui ai raconté notre mésaventure à la banque et l'impossibilité de contracter un prêt. J'essayais de deviner l'expression de son visage à travers l'épais nuage de fumée qu'il recrachait, répandant une odeur âcre de carton mouillé. Il m'a dit qu'il allait s'arranger pour l'appartement. Il connaissait un spécialiste des loyers en cash, mais on ne serait pas propriétaires tout de suite. Il fallait patienter un peu, le temps qu'il trouve un moyen de blanchir notre argent. En attendant, le plus important était de l'écouler, ne pas garder de liquide chez nous au cas où la banquière ait changé d'avis et fait son signalement. Il avait de la bouteille. Je suis repartie rassurée.

*

Le sol était recouvert de billets bleus. Lulu vomissait presque en continu, si bien qu'il n'avait pas eu le temps de les accrocher. Une véritable inondation. Il ressemblait de plus en plus aux héroïnomanes qui traînaient en bas de chez nous. Malgré ses efforts pour paraître serein, l'inquiétude était palpable. Dans la salle de bains, je l'entendais parfois sangloter. Croyant être discret, il se sentait, se tâtait, s'inspectait en permanence, comme on le fait parfois avec un bout de viande resté trop longtemps dans le frigo, pour vérifier qu'il n'est pas avarié. Mais face à moi, Lulu souriait toujours. Je lui ai expliqué le plan de Thierry. Il était dubitatif : comment allions-nous écouler tout cet argent ? Je voulais qu'on sorte faire les boutiques, mais lui avait encore trop de travail. Il était interrompu toutes les trois minutes, et les objets cassés s'entassaient. Ses mains si agiles ne pouvaient plus suivre le rythme. Pourtant, il ne voulait rien lâcher. Il s'accrochait à sa ferraille de toutes ses forces, la soudeuse tournait à plein régime. Si j'arrête, je sers à rien, qu'il répétait. Pour le soulager, j'ai pris l'affaire en charge. Je suis partie les poches débordantes et le sac bien rempli de billets.

L'anniversaire de mon père approchait, et je voulais lui offrir un cadeau unique. Il a toujours adoré les billards, alors sans plus réfléchir, je lui en ai commandé un : cela ne représentait qu'une infime partie de notre revenu de la semaine. Il serait livré directement chez lui, et monté. La grande classe. J'ai exigé que la table soit emballée avec un gros ruban rouge pour faire comme dans les téléfilms américains.

Sur le chemin du retour, je me suis arrêtée chez le coiffeur. Cela faisait longtemps que je voulais franchir le pas. Dans mon téléphone, j'avais enregistré des photographies de l'actrice Margot Robbie trouvées sur Internet. Elle était belle et distinguée, elle avait un truc. J'ai expliqué à la coiffeuse que je souhaitais lui ressembler. Ses yeux ont fait un mouvement de va-et-vient entre la photo et mon visage. Puis la coiffeuse a masqué la tête de Margot Robbie avec son pouce, a éloigné le téléphone en tendant son bras et a cligné de l'œil droit. Elle semblait prendre des mesures, après tout, les tarifs du salon étaient très élevés, c'était une vraie professionnelle.

— En ce qui concerne la couleur, c'est bon, vous en aurez une similaire, idem pour la coupe. Pour le visage, par contre, je peux rien faire.

Une pique en pleine poitrine. Elle l'avait dit avec tellement de naturel qu'elle ne devait pas se rendre compte de sa méchanceté. Sans plus attendre, elle m'a conduite au bac à shampoing et a massé mon cuir chevelu avec une grande application. On n'avait jamais pris soin de moi de la sorte. J'étais émue.

— C'est bizarre, vos pointes sont toutes collées par endroits, on dirait que vous mettez du gel.

Ce devait être des restes de vomi de Lulu. Je me suis bien gardée de lui répondre.

Après avoir déposé une pâte blanche sur mes mèches, elle a enrubanné chacune d'elles dans du papier aluminium, du même genre que celui que j'utilise pour conserver des restes de poulet. Puis j'ai patienté. Longtemps. J'ai eu le loisir de compulser les magazines qui reposaient en pile sur la table basse. J'y apprenais que, pour être mince et belle, il fallait dormir huit heures par nuit, faire une heure de sport chaque matin, ne pas manger de sucre, ne pas manger de viande, ne pas manger de gras, ne pas manger de pain ni de gluten. Bref, il ne fallait pas manger. Il était aussi déconseillé de boire de l'eau du robinet, du café, du thé et des sodas. S'exposer au soleil était une grave erreur dont beaucoup de jeunes femmes ne mesuraient pas les conséquences. En arrière-plan, par-dessus le ronron des séchoirs, de riches bourgeoises se plaignaient de leurs maris qui rentraient tard du travail. A-t-on réellement besoin d'une troisième villa secondaire ? À ce rythme, il se tuera avant la retraite. Mais oui, d'un autre côté, c'est vrai que c'est agréable, Cap-Ferret. En plus, le secteur de l'immobilier est en plein essor là-bas. Je préférais encore les conseils de *Marie-Claire*. Pourtant, contre mon gré, je me suis laissé happer par la conversation. Je m'imaginais moi aussi en maîtresse d'une maison au bord de l'océan. Lulu, mon nouveau sac sous le bras, ma nouvelle chevelure blond platine et moi-même en train de nous promener sur la plage sous le regard admiratif des passants, et aucune trace de morale kantienne sur les épaules.

Après avoir coupé, séché, brushé, lissé et parfumé mes cheveux, la coiffeuse a retourné le fauteuil pour que je puisse me voir dans la glace. Je me suis pincé le bras histoire d'être sûre que je ne rêvais pas : je me trouvais jolie. Certes, je n'avais pas le visage de Margot Robbie, mais mes traits s'étaient adoucis, ma coupe paraissait plus sophistiquée. La coiffeuse méritait ses cent quatre-vingts euros. J'avais hâte de montrer le résultat à Lulu.

Mais avant de rentrer, je devais m'occuper de plein de choses pour notre nouvel appartement : le déménagement était pour bientôt. J'ai commencé par commander un nouveau lit car les lattes du nôtre étaient pourries et Lulu repoussait toujours le moment de les réparer. Ont suivi un frigo avec un distributeur à glaçons et un téléviseur à l'écran si plat qu'il avait l'épaisseur d'une feuille de papier. L'ancien partirait chez Emmaüs. Chaque achat en petites coupures, bien sûr. J'osais les enseignes au nom chic. D'ordinaire, mes pieds se figeaient par réflexe devant leur seuil. Là, je commençais à prendre mes aises. Sur le chemin, j'ai donné l'équivalent de deux ou trois cents euros, je ne sais plus, à un SDF qui m'a remerciée gentiment. Je m'en suis allée le cœur léger, j'avais accompli une bonne action. Forte de cette expérience, je l'ai réitérée à chaque rencontre avec un sans-abri. Il y en avait beaucoup dans notre quartier. En montant la cage d'escalier, j'ai encore glissé des billets dans les boîtes aux lettres de nos voisins : les impôts allaient tomber dans quelques mois.

Lulu a sursauté à ma vue.

— Qui êtes-vous et qu'avez-vous fait de ma copine Anna ?

— Tu trouves pas ça beau ?

— Pour moi, t'étais tout aussi jolie en brune, mais oui, tu es très belle. Si tu aimes, toi, c'est tout ce qui compte. T'es bien chargée aussi, qu'est-ce que tu nous as trouvé ?

Mes bras étaient pleins, mes poches vides. J'avais réussi. J'ai tout détaillé à Lulu, tickets de caisse à l'appui.

— C'est super, mais pourquoi tu as acheté un nouveau micro-ondes ? Le nôtre fonctionne très bien.

— Ah ça, c'est pas pour nous. C'est pour Bruno du quatrième, le même modèle que son ancien.

— Je comprends pas, je suis en train de le réparer.

— Justement ! Tu me disais que c'est très compliqué, hop, problème réglé ! On va lui filer le neuf et il n'y verra que du feu. J'ai fait pareil pour le grille-pain de Bérénice, la radio de

Farid et la console de jeux du petit Simon. Tu vas pouvoir te reposer, mon cœur, c'est pas génial, ça ?

À son expression, j'ai tout de suite compris que non, ce n'était pas génial.

— Mais enfin, Anna, c'est mon travail, j'ai besoin de le faire.

— Tu vas pas continuer à te casser le dos pour trente euros la pièce ! C'est ridicule, avec l'argent que tu engendres maintenant.

— Et toi, tu lèves bien les bras toute la journée pour un Smic ? Ça te plaît même pas en plus, moi, j'aime réparer des choses.

— Je garde le job comme couverture, c'est Thierry qui me l'a conseillé. Et c'est aussi pour régler ce qu'on ne peut pas payer en liquide. Si je pouvais, moi aussi je resterais sur le canapé toute la journée.

Lulu s'est tu, mais j'ai senti que notre lien s'était distendu. Désemparée, je cherchais mes mots quand j'ai reçu un SMS de Sophie. Ce n'était pas le moment. Elle était en train de passer les écrits du CAPES et m'envoyait des salves de messages tous les jours. Ses missives variaient entre « sujet de merde », « je l'aurai jamais », « j'ai envie de me suicider », « tu peux m'apporter de la glace au chocolat ? ». Au début, j'étais désolée pour elle, mais là, ça commençait à m'agacer. C'était toujours les mêmes histoires, elle n'avait rien de neuf à raconter, sa vie tournait autour d'intellectuels morts dont les gens normaux n'avaient plus envie d'entendre parler. La plupart étaient déjà infréquentables de leur vivant, je me demandais pourquoi Sophie s'acharnait de la sorte. C'était tellement d'efforts pour si peu de résultat. On l'avait prévenue, pourtant, non ? Et moi dans cette affaire ? Est-ce qu'elle se demandait une seule seconde comment j'allais, si le travail se passait bien ? Elle avait l'égoïsme des concours. J'ai décidé de lui rendre la pareille, et je n'ai pas répondu.

Vladimir et Estragon réclamaient leur becquée. Tandis que je nourrissais les oiseaux, j'observais Lulu du coin de l'œil. Il avait l'air accablé. Alors que je pensais qu'il ferait la tête toute la soirée, il a brusquement changé d'avis.

— Je suis désolée, ma puce, c'est moi qui nous mets dans cette situation et c'est toi qui es obligée de gérer. Je sais que tu fais au mieux, excuse-moi.

Je n'en demandais pas tant.

— Ça ne fait rien, Lulu, on n'est pas habitués, mais avec de la pratique... Ces bouleversements te perturbent trop. Je crois qu'il faudrait qu'on prenne du temps pour nous. Je peux poser quelques jours de congé. Tu voudrais partir en vacances ?

— Oh, ça, c'est une sacrée idée ! Dublin ? J'ai toujours rêvé d'y aller, puis on pourrait prendre Vladimir et Estragon, c'est le pays de leur ancêtre !

— Tu plaisantes ? Avec les moyens qu'on a, on peut partir au bout du monde ! On va s'offrir de vraies vacances avec plage de sable fin, cocotiers et cocktails les pieds dans l'eau. On le mérite, non ?

8

On aurait pu faire ce geste très classe de tourner un globe, poser notre doigt sur une ville au hasard et y partir, mais j'avais trop peur qu'on tombe sur Francfort, Bucarest ou encore Vierzon. En somme, un endroit laid et pas du tout instagrammable. Finalement, on s'est décidés, ou plutôt je me suis décidée, pour Tahiti. Je ne connaissais rien des coutumes ni des lieux à visiter. À vrai dire, je m'en fichais. L'aspect carte postale que je voyais sur Internet me suffisait amplement. La destination s'avérait assez lointaine et chère dans l'imaginaire collectif pour que chaque collègue à qui j'annonçais la nouvelle me dise « Wouah, t'en as, de la chance ! ». Depuis peu, j'adorais qu'on me trouve chanceuse, j'en tirais une satisfaction particulière. J'avais contacté une agence de voyages qui acceptait les paiements en espèces. Les employés se sont occupés des réservations, hôtels et billets d'avion compris. Ils nous ont proposé un programme d'activités complet qui consistait en après-midi sur la plage entrecoupés de déjeuners au buffet à volonté. Ça tombait bien, on y allait justement pour ne rien faire. Les dates étaient bloquées pour le mois suivant, ça nous laissait le temps d'aménager notre nouvel appartement.

L'ami de Thierry s'était débrouillé à la perfection. Quand il nous a fait visiter la première fois, on ne savait plus où donner de la tête. L'immeuble se situait dans un arrondissement à un chiffre. Ça n'a l'air de rien, mais c'était chic à souhait. La porte d'entrée donnait sur une petite coursive qui desservait un immense salon dont les fenêtres offraient une luminosité à couper le souffle. À gauche, la première chambre à coucher. À droite, la seconde, plus un bureau, une cuisine, une salle de bains et des toilettes séparées. Parquet massif, moulures et cheminée, une vraie, fonctionnelle, pas comme celles, minables et condamnées, que je voyais dans les chambres de bonne de mes copines de fac. L'ensemble était complété par un balcon assez large pour y disposer une table et des chaises. C'était si grand que, au début, Lulu et moi, on se sentait perdus. Pour rire, on s'appelait d'une pièce à l'autre avec nos téléphones. J'ai engagé des déménageurs. On a opté pour le service Prestige Deluxe et grâce à cela, on n'avait à se préoccuper de rien, l'entreprise a même fait les cartons. En soulevant la gazinière, les trois types ont trouvé quelques liasses de billets et nous les ont honnêtement rendues, sans paraître le moins du monde surpris. Je n'étais pas certaine que j'aurais fait la même chose à leur place, alors pour les remercier je leur ai proposé de garder l'argent. Il a fallu acheter de nouveaux meubles, et pour les oiseaux aussi : exit la cage et bonjour la volière, ce qui leur permettrait de faire de l'exercice.

— C'est mieux, non ?

— C'est plus grand, mais ça reste une cage.

— Et dis-moi, t'es sûr que c'est pas toi qui as fait philo ?

Lulu m'a regardée bizarrement, sans sourire. Le second degré avait dû rester dans les cartons.

Une pendaison de crémaillère s'imposait pour fêter notre emménagement, mais je me suis vite aperçue d'un problème de taille, au sens propre : nous n'avions pas assez d'amis pour remplir l'appartement. D'ailleurs, la plupart menaient une vie si accablante que la soirée risquait de virer à la séance de psychanalyse. Malgré mon silence, Sophie continuait de m'abreuver de messages, alors j'ai craqué et je l'ai invitée. Elle venait de terminer les écrits et ne connaissait pas encore les résultats, un entre-deux insupportable, une zone de flottement où tout n'est pas encore raté, mais pas réussi non plus. Ça la déprimait pas mal, et elle traînait sur des forums où d'autres étudiants, perdus comme elle, débattaient à qui mieux mieux de la façon dont ils avaient disserté sur le thème « Les expériences de pensée permettent-elles de mettre à l'épreuve les approches alternatives de la moralité ? ». Déjà, personne n'était d'accord sur la signification de la question. Tant de mots obscurs, on n'était pas loin de la pierre de Rosette. Élodie, quant à elle, ne s'en sortait pas avec les enfants des autres, et Mehdi, qui avait démissionné du fast-food, peinait à retrouver un job. Pour égayer le panel, j'ai envoyé des invitations à certains de mes collègues et aussi à de vieilles connaissances, des camarades de classe depuis longtemps perdus de vue et dont l'existence, si enrichissante qu'elle pût être, m'importait peu. Au moins, ils occuperaient l'espace.

Lulu prétexterait avoir hérité de l'appartement au décès d'un vieil oncle, ça nous épargnerait des questions importunes. Afin de nourrir tout ce monde, j'ai commandé des plats de traiteur, du saumon fumé à quinze euros la tranche et des litres d'alcool. Que de la qualité. Du champagne Moët et aussi du gin, pas à la fraise cette fois, c'était trop commun. Un DJ s'occupait du son et, pour la décoration, j'avais dévalisé Le Bon Marché.

Les convives sont arrivés peu à peu, les copains de fac d'abord, ceux du boulot ensuite et, finalement, quelques starlettes de l'émission. L'ordre était important. Plus on était cool et plus l'entrée se faisait tardive. C'est pourquoi Sophie a été la première à sonner. Elle m'a tenu la jambe pendant quinze minutes – le quart d'heure le plus long de ma vie – en déblatérant sur la différence entre le solipsisme de la pensée cartésienne et l'isolement de l'individu compris comme Dasein chez Heidegger. Qui en a quelque chose à foutre ? Personne. J'avais une furieuse envie de lui hurler dans les oreilles : prends une coupe de champagne, change ce pull affreux pour un petit haut sexy et oublie-toi un peu ! Je retenais difficilement mes bâillements, mais j'étais attendrie malgré tout. Sophie était si candide. Heureusement, lorsqu'elle allait embrayer sur les monades, un autre groupe d'amis s'est manifesté. Sauvée par le gong. Je l'ai abandonnée en compagnie de Vladimir et d'Estragon, eux pourraient l'écouter sans fléchir.

L'ambiance était parfaite, tout le monde s'amusait. Éclats de rire. Des verres qui s'entrechoquent joyeusement. Fragrances d'eau de Cologne hors de prix. Lumières stroboscopiques. Lulu se détachait par à-coups. Beau dans ses habits neufs. Entre deux danses, on s'est maquillées avec des paillettes et on a organisé une séance de photos entre filles.

Sandrine voulait voir mon dressing. Je lui ai dit qu'elle pouvait se servir. « T'es sûre ? Wouah, merci, Anna, quelle générosité ! » La charité chrétienne, sans doute.

Je voyais bien que Mehdi était choqué par ce faste. Entre deux verres, il me hurlait des trucs comme « Le capital est du travail mort qui ne s'anime qu'en suçant tel un vampire du travail vivant, et qui est d'autant plus vivant qu'il en suce davantage », ou encore « La richesse des sociétés dans lesquelles règne le capitalisme s'annonce comme une gigantesque accumulation de marchandises ». Bref, du Marx rébarbatif et moralisateur. Il a poursuivi en me parlant de ses problèmes, les factures à payer et tout le reste. Mais je n'entendais plus rien. Dans ses yeux paniqués, humides d'angoisses à venir, je voyais seulement le reflet de mon image. Je me trouvais splendide. Je scrutais ma robe de créateur et mon rouge à lèvres signé. Je souriais comme dans un rêve. Le monde était en harmonie. Les planètes enfin alignées.

Un des membres du jury de l'émission m'a tirée par le bras pour me montrer sur son iPhone 14 la vidéo d'un chaton dans un sac Gucci. Au début, le sac fermé se retournait et bougeait de manière sporadique, puis la fermeture Éclair s'ouvrait progressivement pour laisser s'échapper une adorable petite boule de poils. J'ai ri sincèrement puis je me suis figée, interloquée. Ça y était ! Il était sorti si naturellement que ça paraissait irréel : j'avais enfin le rire soyeux des autres. Un accomplissement. Moi qui m'étais entraînée tant de fois devant le miroir de la salle de bains. J'avais fait des vocalises et tordu ma bouche dans tous les sens, mais il sonnait toujours faux. Là, pour la première fois, il était authentique. Un rire profond, une communion avec l'élite. J'appartenais à un groupe, et pas n'importe lequel, j'étais enfin devenue quelqu'un.

Apercevant Mehdi sur le point de partir, je lui ai couru après dans la cour de l'immeuble.

— Attends, attends ! Je voulais te donner quelque chose.

Il a jeté par terre la liasse de billets que je lui tendais comme si elle était en feu.

— Anna, tu te fous de ma gueule ? Tu crois que je fais la manche ou quoi ?

— Ne le prends pas comme ça, je voudrais juste t'aider...

— J'en veux pas, de ta pitié. Rentre dans ton appartement super classe avec tes nouveaux amis super classe, et cet argent, bouffe-le, étouffe-toi avec. Tu te rends compte de ce que tu es devenue ?

En levant les yeux vers la fenêtre de notre appartement, j'ai vu comme un éclair : on allumait les feux de Bengale. J'ai tourné les talons pour rejoindre la fête.

9

On est arrivés à l'aéroport de Faaa après dix-huit heures de vol. Notre baptême de l'air à tous les deux. En première classe, bien sûr. Sièges en forme de cocon, de la taille d'un lit, totalement inclinables, avec menu gastronomique. Moi, je connaissais les cocktails classiques, ceux qui font du bien à la tête mais donnent des aigreurs d'estomac. Effet détartrant puissant, comme le Sex on the Beach trop amer à cause du pamplemousse. Là, c'était un autre niveau. À commencer par le barman qui, ici, s'appelait un mixologue. On a appris un nouveau mot. Il pressait lui-même les fruits pour des créations originales qu'il composait à partir de notre prénom et de notre signe astrologique. Un délice. Le nec plus ultra de la personnalisation. Les alcools venaient des quatre coins du monde, on avait l'impression de débarquer à Bali le temps d'une gorgée, à Singapour à la lampée suivante. Le repas était cuisiné par un chef, j'étais certaine que c'était bien meilleur que les plats de traiteur dont s'empiffraient les riches que je croisais au boulot. Ce délire gustatif nous a aidés à passer le temps. Lulu était stressé, il regardait par le hublot en se rongeant les ongles.

— T'inquiète, si on meurt, avec la violence du choc tu sentiras rien. Allez, prends une petite mousse au chocolat.

Il a vomi dans un sac en papier. Il était hors de question qu'il le jette, ça nous ferait de l'argent pour payer le taxi, le reste des billets était dans une valise en soute. On avait laissé Vladimir et Estragon à la maison. Une *bird-sitter*, comprenez baby-sitter pour oiseaux, passerait tous les jours pour les nourrir et pour jouer avec eux.

À la sortie de l'avion, un chauffeur en costard est venu nous chercher pour nous conduire jusqu'à l'hôtel. La transpiration traçait deux grandes auréoles sous ses aisselles. Lulu n'avait pas encore eu le temps de descendre que je me plaignais déjà de la mauvaise qualité du réseau. Les deux petites barres m'ont tout de même permis de recevoir un SMS de Sophie : elle avait passé la première étape du concours avec succès, elle était admissible et devait se préparer aux oraux. Je l'ai félicitée rapidement en lui précisant que j'étais en vacances, que je travaillais dur et avais, pour une fois, besoin de repos. Elle a écrit : « On peut pas faire un Skype pour que tu m'aides à réviser à distance ? » Je l'ai ignorée.

— T'es pas sympa, Anna. La pauvre, elle a besoin de toi.

— C'est une blague ? Qui s'est coltiné tous les aphorismes d'Héraclite pendant des mois ? Toi, peut-être ?

Lulu a eu un mouvement de recul et a lâché ma main. Ça m'arrangeait, la sienne était moite.

— Comme tu veux, c'est ton amie après tout.

Le personnel de l'hôtel nous a accueillis avec un cocktail de bienvenue. Une sorte d'orangeade couronnée d'une brochette de bonbons. Cette faute de goût mise à part, l'endroit était magnifique. Un cinq-étoiles avec un bon rapport qualité-prix. Je me fiais à ce que disait la brochure car, n'ayant jamais séjourné dans un hôtel, je n'avais pas de point de comparaison possible. Une femme en tenue traditionnelle nous a accompagnés jusqu'à notre bungalow, une cabane avec un toit en paille, face à la mer. J'observais son paréo qui ondulait avec élégance. La chambre était parfumée à la vanille, elle devait avoir une superficie deux fois plus importante que notre premier appartement. L'air conditionné était réglé selon nos préférences, que j'avais indiquées au préalable via un formulaire très détaillé. Ce dernier nous a aussi permis d'avoir un matelas de catégorie supérieure, ni trop dur ni trop mou. J'ai également exigé des cure-dents en bambou, pour le plaisir. Les serviettes étaient pliées en forme de deux cygnes amoureux, des fruits frais exposés dans un magnifique panier. Sur la terrasse extérieure se trouvaient un jacuzzi et des peignoirs brodés de nos initiales.

— C'est pas un peu trop ? s'est inquiété Lulu, visiblement mal à l'aise.

— Ce qui est rare est cher, ce n'est pas moi qui le dis, c'est Platon.

— Décidément, t'as honte de rien.

J'étais trop occupée à régler la pression des jets de la baignoire pour lui répondre.

Le début du séjour s'est déroulé à la perfection. L'accès au bar était illimité et des Tahitiennes nous apportaient ce qu'on désirait directement sur nos transats. Le buffet était merveilleux, composé de mets délicats à base de produits recherchés : Saint-Jacques au caviar, tournedos Rossini, daurade en croûte de sel de l'Himalaya et feuille d'or pour ajouter de la couleur, macarons Ladurée arrivés de Paris en jet le matin même. L'eau n'avait pas exactement la même couleur que sur les photos Google mais, moyennant quelques filtres, le résultat paraissait similaire. On se prélassait toute la journée jusqu'au coucher de soleil. Le soir, un spectacle animait le repas. Cracheurs de feu et autres danses. Je trouvais cela folklorique et plutôt charmant, malgré les tambours qui faisaient un vacarme pas possible.

*

Les choses se sont gâtées au matin du troisième jour. Lulu souhaitait manger « quelque chose de simple », les plats sophistiqués avaient fini par l'agacer. Il voulait un œuf, merde, c'était pas sorcier. Je lui ai conseillé de se calmer, j'allais voir ce que je pouvais faire. J'ai trouvé la Tahitienne préposée au buffet et lui ai expliqué mon problème. Elle m'écoutait avec attention en répétant « œuf OK œuf OK œuf OK ». J'ai eu peur qu'elle soit en train de faire un AVC. Peu de temps après, un serveur s'est précipité vers Lulu et a déposé devant lui une assiette au milieu de laquelle trônait un bel œuf au plat.

— C'est quoi, les petits points noirs ?

— Ils ont dû poivrer. Tu vois, tu l'as, ton œuf !

— C'est de la truffe. Non, mais j'y crois pas !

Il est parti énervé en laissant son plat intact. Je trouvais sa réaction excessive. L'œil jaune me regardait avec incompréhension.

Vers le début de l'après-midi, tandis qu'on était tranquillement allongés au soleil, Lulu a commencé à me donner plein d'informations sur Tahiti. Une superficie de 1042 km^2. La plus grande et la plus peuplée de toutes les îles de Polynésie française. Une activité économique orientée vers le secteur tertiaire. Les stigmates des colonisations successives. Blablabla. Puis il m'a annoncé qu'il voulait faire une randonnée ou bien visiter le musée de la Perle Robert Wan. Bref, il avait pété un câble.

— Pourquoi tu veux marcher des heures en plein cagnard, on est bien là, non ?

— J'en ai marre de rien voir. Plage-resto. Plage-jacuzzi. Plage-piscine. C'est nul, on connaît rien du pays.

— T'oublies les spectacles culturels, mon chaton.

— T'appelles ça de la culture ? C'est pour les touristes, y a aucune authenticité. J'y vais moi, reste là, si tu veux.

J'ai simplement décalé ma tête à l'ombre avec un sourire détaché. Il était bientôt 16 heures, le créneau parfait pour poster une photo sur les réseaux. Grâce aux conseils de Sandrine, j'avais doublé mon nombre de followers. D'ailleurs, elle commentait toutes mes publications par « Trop classe, Anna ! », « À Paris il fait moche », « Les mecs ont l'air canon ». Comme je ne répondais plus à ses SMS ni à ses appels, Sophie s'est mise à commenter mes posts à son tour. Sous l'image d'un cocotier, elle écrivait : « Anna, pour Bergson, le mouvement de la vie est indivisible ou bien indivis ? Aide-moi STP je comprends rien. J'ai mon oral bientôt. » La honte, je supprimais systématiquement.

Mon projet n'était pas de devenir influenceuse, mais j'aimais l'idée que les gens m'aiment. Comme tout le monde. À force d'essayer, j'avais fini par trouver l'angle parfait pour me photographier. Le téléphone à soixante centimètres de mon visage, le bras arqué à soixante-quinze degrés. Une vraie contorsion. De l'extérieur, ça devait sembler étrange, mais le résultat était fantastique. Au moment de prendre la photo, je me mordais l'intérieur des joues. Ça avait l'avantage de me rendre plus mince et de donner à mon visage une expression sérieuse et mélancolique. Penseuse digitale du XXIe siècle. Et parmi mes nouveaux suiveurs ? Adam Lesieur, dans le mille. Je me suis délectée des photos minables et mal cadrées que présentait son profil. Son pavillon en zone résidentielle, son travail d'orthophoniste, sa femme mère au foyer et ses tartes aux pommes très appétissantes, son épagneul anglais, son premier fils, son début de calvitie et ses cours de badminton le vendredi soir, en résumé : sa vie de merde. Il m'a envoyé un message : « Wouah, Anna, quelle transformation ! Comme tu as changé ! » J'ai fait exprès de bien positionner ma tête entre la plage ensoleillée et mon cocktail hors de prix et j'ai pris un selfie. Je le lui ai envoyé avec, pour toute légende, « vas crevé ». « Euh, pas tant que ça, apparemment ! Ça s'écrit "va crever". » Qu'il aille se faire foutre, ça n'avait plus aucune importance.

Je sortais d'une séance de massage lorsqu'une femme blonde, d'un âge indéterminable à cause du Botox, s'est approchée de moi. Elle m'avait repérée lors du petit déjeuner et me trouvait charmante, elle souhaitait que nous dînions ensemble, son mari, Lulu et moi, le soir même. En plus, nous étions sœurs de teinture de cheveux ! J'étais flattée qu'une personne si élégante s'intéresse à moi. J'ai pris une voix haut perchée pour lui confirmer notre venue, table 239, juste à côté de la fontaine. « Mieux vaut le bruit de la cascade artificielle plutôt que ces horribles tambours. » J'étais bien d'accord avec elle. Elle a rehaussé ses lunettes de soleil Gucci et m'a fait une « air » bise, sans que ses lèvres pulpeuses touchent la moindre parcelle de ma joue. Puis elle a longé la piscine, suivie par son petit chien, un chihuahua chétif mais qui, comme sa maîtresse, arborait fièrement son pedigree.

— T'es sûr que tu veux y aller avec ton short de bain ?

Je dévisageais Lulu d'un œil critique. C'était une manière de lui dire : N'y va surtout pas avec ton short de bain.

— Oh ça va, c'est juste un dîner, on les connaît même pas, ces gens ! Puis, ils ont l'air un peu snobs, tu crois pas ?

— Et alors ? Me fais pas honte, s'il te plaît, mets au moins un pantalon.

Il a enfilé un jean alors que je retournais la valise en tous sens pour trouver ma tenue la plus raffinée. Heureusement, dans le doute, j'avais pris plusieurs robes en satin.

Veronica et son mari sirotaient un verre de vin blanc. En nous apercevant, elle nous a salués par un signe de la main d'une grâce inouïe. Son autre bras était occupé à soutenir le chien. Philippe s'est présenté tout en s'excusant d'avoir le nez collé à son téléphone : « La Bourse… » a-t-il dit en soufflant. Nous avons commandé des entrées : huîtres, saumon, « et du caviar ! » a réclamé Veronica, c'est les vacances, tout de même !

Nous avons trinqué à la belle vie et aux yachts polluants mais tant pis, nous ne serons plus là pour voir la planète imploser. Lulu de son côté ne parlait pas, il semblait fasciné par le fait que le chihuahua ait un plat cuisiné spécialement pour lui. Philippe consultait ses mails.

— Mon mari travaille beaucoup, excusez-le. Le repos, il ne connaît pas.

— Je travaille dans la fusac, c'est vrai, mais nous jouissons également de l'héritage de maman.

— La quoi ? a interrogé Lulu.

— La fusion-acquisition, ou *mergers and acquisitions*, si vous préférez. Enfin, ce n'est pas très intéressant. Lulu, quelle est votre profession ?

— Je répare des objets.

— Ah ! Vous êtes donc ingénieur. J'ai toujours beaucoup respecté ces métiers. De la rigueur, de la discipline, et puis quelle inventivité !

— Non, non, je répare seulement des objets. Comme un bricoleur, quoi.

Je lui ai mis un grand coup de pied sous la table. Face à la perplexité de Philippe, j'ai essayé de dévier l'attention du couple.

— Et vous, Veronica ? Laissez-moi deviner, vous êtes mannequin, n'est-ce pas ?

— Ha, ha, ha, vous êtes adorable, Anna. Non, je n'ai pas le temps de travailler avec le petit Grégoire, il me prend toute mon énergie...

— Vous avez un fils ? a glissé Lulu.

— Un enfant ? Quelle idée ! Non, c'est lui, Grégoire.

Elle a soulevé le chihuahua qui, la gueule encore pleine de crabe, s'est mis à lui lécher le visage. Lulu a reposé sa fourchette en détournant le regard.

— Vous ne souhaitez pas avoir d'enfant, Anna, j'espère ?

— On ne s'est pas encore posé la question, à vrai dire, mais je...

— N'en faites surtout pas, votre corps après... Quelle horreur ! Vous les voyez, toutes ces femmes pleines de vergetures au bord de la piscine, non ? Franchement, on mérite mieux que ça.

Elle m'a touché la main d'un air entendu. Veronica n'avait pas tort. Elle m'a retourné la question sur le travail. J'ai bégayé.

— Je suis styliste, enfin, j'ai beaucoup d'activités, mais la mode, ce n'est pas vraiment un métier, c'est plutôt une passion.

— Mais qu'est-ce que tu racontes ? a soufflé Lulu.

Les reproches fusaient dans son regard et il affichait la mine des jours de déception. Enfin, je n'allais quand même pas avouer à Veronica que notre fortune venait de son vomi et que moi, toute la journée, je levais les bras comme un automate.

— Quelle merveille ! (Je ne sais pas si Veronica faisait référence au stylisme ou au requin farci qu'on nous apportait.) Ça se voit au premier coup d'œil, Anna, vous n'êtes pas de celles qui s'habillent dans ces affreuses enseignes de prêt-à-porter. Vous vous rendez compte que ce sont des enfants qui fabriquent ces vêtements, quelque part en Chine ? C'est honteux. Mais ne parlons pas de ces malheurs, il y a tant de beauté dans l'univers.

Philippe acquiesçait tout en pianotant sur son portable. Grégoire s'en donnait à cœur joie, avec sa langue il retirait peu à peu le maquillage de Veronica. Sous le fond de teint, on apercevait quelques taches brunâtres.

— Bon, chère Anna, il y a une question qui me turlupine depuis que je vous ai aperçue... C'est peut-être indiscret, mais... ce sont vos vraies pommettes ? Elles sont si saillantes, c'est magnifique. Je VEUX le nom de votre chirurgien.

J'étais enchantée, l'ego gonflé comme un ballon de baudruche prêt à exploser.

— Au risque de vous décevoir, oui, ce sont mes vraies pommettes, Veronica. Les vôtres aussi sont ravissantes.

— Ces bouts d'os ridicules ? Vous plaisantez ! Je n'ai qu'une hâte : me les faire refaire.

— De mon côté, j'aimerais bien refaire mon nez, ai-je avoué.

Lulu a recraché son verre de vin. Quelques gouttelettes ont parsemé l'écran du téléphone de Philippe, mais il est resté imperturbable.

— Anna, tu déconnes ! Tu vas pas passer sur le billard et prendre des risques pour rien ! Il est très bien comme ça, ton nez.

— Hé ho, jeune homme ! a interrompu Veronica. La libération des femmes, ça vous dit quelque chose ? On n'a pas besoin de votre autorisation. Et puis quoi encore, plus le droit d'avoir un chéquier ou un compte en banque à notre nom ? Le patriarcat, c'est terminé.

Lulu est resté coi. Peut-être parce qu'il était choqué que je veuille faire de la chirurgie esthétique, mais peut-être aussi parce que Veronica avait employé le terme « patriarcat » dans un sens qu'elle seule comprenait.

Malgré son mutisme chronique, Philippe a senti l'atmosphère se crisper. En guise de réconciliation, il a proposé à Lulu de l'initier au golf. C'est un sport incroyable pour se détendre. Lulu a cependant préféré quitter la table avant le dessert, dommage pour lui, l'omelette norvégienne était délicieuse. Avec Veronica, nous avons continué à discuter et j'étais impressionnée par ses goûts précis, son savoir-vivre. Elle avait des choses à m'apprendre, j'ai enregistré son numéro de téléphone. Ils vivaient entre New York et Copacabana mais, bien sûr, possédaient un petit pied-à-terre à Paris, un coup de fil et l'avion la déposerait à l'heure pour le brunch !

Lulu n'est rentré que bien après minuit, puant la transpiration et mettant plein de terre dans la douche. Heureusement, la femme de chambre était joignable H24. J'avais besoin d'argent pour le lendemain, je comptais m'acheter de nouveaux maillots de bain à la boutique de l'hôtel. Entre les paréos, les pourboires laissés aux jeunes femmes qui agitaient des palmes lorsqu'on avait trop chaud sur nos transats et des dizaines de bracelets en tissu achetés pour que le vendeur de plage nous foute enfin la paix, il ne restait presque plus de billets dans la valise. J'ai mis tout le bungalow sens dessus dessous, mais je n'en ai pas trouvé d'autres et, en y réfléchissant, depuis qu'on était là, je n'avais pas vu Lulu vomir.

— Non, j'ai rien recraché à part dans l'avion, m'a-t-il confirmé.

— Comment on va s'en sortir maintenant ?

— Je sais pas, Anna, ça va, on a encore un peu de liquide, on devrait pouvoir tenir.

— Et mes maillots de bain ?

— T'en as réellement besoin ? Tu m'as même pas demandé comment s'était passée ma journée...

— Et si tu te mettais les doigts dans la gorge, tu crois que ça marcherait ?

Il m'a traitée de tarée, alors j'ai fait la gueule. De guerre lasse, il a cédé. Ça ne fonctionnait toujours pas.

— Tu les mets pas assez profond, laisse-moi faire.

Je ne lui ai pas laissé le temps de protester. J'ai enfoncé mon index et mon majeur jusqu'à toucher sa glotte. Il a eu un haut-le-cœur. Insuffisant. Il a essayé de se dégager, mais je le tenais fermement. J'ai recommencé en grattant un peu avec l'ongle. Là, il a vomi. Quand il a relevé la tête, son regard avait changé. Beaucoup plus sombre. Je sentais qu'il contenait quelque chose à l'intérieur de lui, et ce n'était pas un flot d'argent. Il était en colère, une expression très rare sur son visage. Je lui ai caressé le front et j'ai convoqué toute la douceur dont j'étais capable pour lui murmurer : « Merci. » J'étais soulagée, jusqu'à ce que j'aperçoive qu'au fond de la cuvette gisaient non pas les billets bleus habituels, mais des pièces de deux euros.

— C'est bon, t'es rassurée ?

— Qu'est-ce que tu veux que je fasse avec de la petite monnaie ? C'est pas possible, c'est un enfer.

— Est-ce qu'un jour tu vas t'inquiéter un peu pour moi, Anna ? Comme le font les gens qui s'aiment ?

— Je m'inquiète pour toi, bien sûr que c'est le cas, qu'est-ce que tu racontes ? Mais tu l'as dit toi-même, il n'y a rien de grave.

— Mon corps fabrique des pièces de monnaie. C'est plein de fer. J'ai perdu huit kilos et je commence aussi à perdre mes dents. Je vais peut-être en mourir, et toi, tu ne penses qu'à tes putains de maillots de bain.

— Mourir, t'exagères pas un petit peu ?

Il a claqué la porte pour sortir s'exercer à la pirogue nocturne ou je ne sais quelle autre activité absurde et m'a laissée seule.

De toute évidence, il fallait que je renonce à mes maillots de bain. Les dépenses indispensables du séjour – nourriture, chambre et transats – avaient été réglées à l'avance, mais je devais être précautionneuse avec les extras. Bye bye, les massages à l'huile de coco exécutés par des mains douces et expertes. On s'est serré la ceinture et le reste de nos vacances s'est bien déroulé. Pour m'excuser, j'ai même suivi Lulu dans une de ses sorties. C'est pas magnifique ? qu'il disait devant les pierres tombales de je ne sais quel peuple décimé depuis longtemps. Oui, oui, incroyable, mais quand même, tant d'espace consacré aux morts... on aurait pu construire un beau *resort* avec une grande piscine, en plus c'est exposé plein sud.

*

Je réglais le taxi pendant que Lulu montait les bagages dans notre appartement. Quand j'ai ouvert la porte, il faisait noir, il n'avait pas allumé. Je l'ai vu accroupi au milieu du salon, sur le tapis en poil d'alpaga. Lulu pleurait à chaudes larmes en serrant quelque chose contre sa poitrine. Puis il s'est légèrement déplié, comme une feuille de papier froissé. Il bafouillait une langue étrangère. Pleine de souffrance. Expression arrachée qui semblait raviver les plaies à l'intérieur de ses joues. Inintelligible. Des cris rauques, animaux. Morve. Bave. Reniflements. Un torrent. Il a fini par tendre sa main gauche, paume ouverte vers le ciel, dans ma direction.

Dans ses doigts reposait Estragon. Raide et froid. Il a même tenté un bouche-à-bouche désespéré. Massage cardiaque sous l'œil affolé de Vladimir qui ne comprenait pas ce qu'il se passait. Lulu et son regard noyé. J'ai eu de la peine, pas pour le piaf, mais pour mon petit ami.

Les tendons de Lulu se sont crispés quand j'ai voulu saisir l'oiseau.

— Tu ne vas pas le jeter à la poubelle ? Ne le jette pas, Anna, s'il te plaît.

— Pourquoi tu pleures, Lulu ? C'est pas grave, on en achètera un autre.

Il m'a fixée avec dégoût.

— T'es un monstre.

Ses larmes coulaient encore et allaient se perdre dans le puits de sa fossette. Elle était inondée. La virgule est devenue point. Je lui ai caressé l'épaule. Il a hoqueté de renoncement. J'ai enfin eu le droit de prendre l'oiseau dans mes mains. Une plume verte est tombée au sol. J'ai mis Estragon dans un sac en plastique puis l'ai déposé dans le congélateur. Plus jamais de plats surgelés. Aucune importance, cela faisait longtemps qu'on n'en mangeait pas.

10

Je n'avais pas du tout envie de retourner au travail le lendemain. J'avais multiplié les attentions affectueuses pour réconforter Lulu, qui n'avait presque pas dormi de la nuit. Il ne cessait de gesticuler dans tous les sens. Son corps le démangeait de manière irrépressible, il se grattait jusqu'au sang. Pourtant nos draps étaient en satin hypoallergénique. J'ai conclu qu'il s'agissait d'un délire psychosomatique, comme chez les gens qui rompent avec leur fiancé et qui ensuite croient avoir mal au genou (je-nous). Ça m'avait toujours paru tiré par les cheveux, mais Lulu souffrait vraiment, alors pourquoi pas.

Je suis arrivée au studio en retard, avec des lunettes de soleil larges comme mes deux poings pour masquer mes cernes. Tout le monde était silencieux, je me suis dépêchée de rejoindre une chaise libre. Sur mon passage on me complimentait : « Quel joli teint », « T'es bien bronzée ». Je me suis assise à côté de Sandrine qui serrait un nouveau sac contre sa poitrine et tirait sur les manches de son pull pour cacher ses avant-bras. J'ai aperçu des contusions et ce qui s'apparentait à des griffures. « L'escalier », a-t-elle dit en refaisant le mouvement d'épaules qui attestait son étourderie.

Bertrand et Marc arboraient un visage fermé. Depuis un moment, les internautes se déchaînaient. La cause : les huées adressées par le public de l'émission à certains humoristes. Les spectateurs les trouvaient dégradantes, bestiales. On n'était plus dans les années 1990, la télévision devait se montrer bienveillante. Du divertissement sans aspérités. Il en allait de même pour certains sketchs des candidats jugés trop clivants. Quand bien même l'émission ne passait pas sur une chaîne publique, elle devait viser une ambiance familiale. La production avait ignoré ces récriminations jusqu'à ce que le goutte-à-goutte débouche sur un raz de marée. Les propos de Bertrand lui-même étaient jugés affreux. On lui reprochait d'exhorter à la haine. Vite-vite, redorer l'image. Réunion de crise. Aucune remise en question, seulement du sparadrap. Anna, plus de huées, c'est compris ? Supprimer l'un des trois gestes réglementaires. Un coach de vie pour Bertrand. Renvoyer celui qui rédige le texte des prompteurs. Virer les candidats à l'humour noir. Sandrine, pour la prochaine, tu essaies de nous mettre deux-trois handicapés et des mères de famille bien grasses au premier rang, OK ? Et voilà. Incident clos. La farce pouvait se poursuivre.

Thierry est venu me voir en douce avant l'enregistrement. Pendant mes vacances, il avait bien travaillé. Il m'a exposé un plan tordu impliquant l'un de ses amis qui tenait un kebab en banlieue, idéal pour notre affaire. Il fallait qu'on investisse dans une petite structure comme celle-ci, et puis il disait : le monde peut s'écrouler mais les gens auront toujours faim, c'est sans risque. J'avais du mal à concevoir que de la viande puisse suffire à blanchir autant d'argent. De toute manière, nous n'en avions plus. J'appréhendais de lui annoncer qu'il fallait renoncer à nos combines. J'ai avancé des difficultés d'approvisionnement. Ce à quoi Thierry, visiblement expérimenté, a répondu qu'il comprenait, que je n'avais qu'à revenir vers lui quand la machine serait opérationnelle.

Le reste de la journée a été des plus difficiles. J'étais prise d'un sentiment désagréable : la flemme. Même enchaînement, bras, esclaffements, bras, applaudissements. Les rires qui s'échappaient de ces bouches gratuites m'agaçaient de plus en plus. Je les trouvais gras, grossiers, triviaux. Je voulais qu'ils s'arrêtent, j'avais besoin de calme. Alors j'espaçais les signes. Marc est venu me rappeler à l'ordre. Une, deux et trois fois avant de me dire qu'il fallait que je me bouge si je tenais à mon job, que n'importe qui pouvait assurer ma mission, il n'avait qu'à passer une annonce sur Internet et en moins de trente minutes une jeune femme enthousiaste viendrait prendre ma place. J'ai baissé les yeux comme un enfant qui attend sa fessée et j'ai pris mon mal en patience jusqu'à la fin de l'enregistrement.

*

De retour chez moi, j'ai trouvé Lulu en caleçon dans la salle de bains. Je me suis approchée doucement, en petite amie aimante je lui avais acheté de la pommade anti-démangeaison. Son torse était maculé de taches verdâtres. Était-il lui aussi tombé dans l'escalier ? Il m'a demandé de l'examiner. De loin, ça ressemblait à des blessures mais en m'approchant, j'ai vu quelque chose se dessiner en filigrane.

— Putain, Lulu, j'y crois pas, c'est un billet de cent euros.

— Quoi ?

Atterré, il a pris sa tête entre ses mains et a caché ses yeux, redevenus très verts. Sa bouche s'est tordue vers le bas, un mime triste. Sous sa peau, le coin droit du billet était corné, il se décollait légèrement. J'ai essayé de tirer dessus.

— Qu'est-ce que tu fais ?

— C'est comme avec un sparadrap, je pense. Il faut arracher d'un coup sec pour que ça fasse moins mal.

— T'es folle, tu vas m'écorcher !

En dépit de ses protestations, arracher le billet me paraissait la chose à faire. J'ai pris des précautions pour le garder intact, mais ce n'était pas facile. L'épiderme au-dessus résistait. La peau de Lulu était devenue élastique, et la membrane collante qui entourait le papier s'étirait sans se rompre. Quand j'ai enfin réussi à extirper le billet, quelques gouttes de sang ont giclé sur le miroir. À l'ancien emplacement se dessinait une sorte de marque de bronzage avec aux quatre coins des trous plus profonds. Rien de dramatique, en trois jours ça s'atténuerait.

— Pas si terrible, tu vois !

— Tu parles, regarde comme ça saigne.

Deux petites larmes perlaient aux coins de ses yeux. Pauvre homme qui n'avait jamais connu les douleurs de l'épilation. Moi, je jubilais. Pendant quelques jours, j'avais eu peur que nous redevenions pauvres. Cette idée m'était insupportable. Avant de lui enlever les autres billets, par précaution, j'ai refait le manège du bar-tabac pour vérifier que le billet était un vrai. Tous les commerçants de notre nouveau quartier avaient des terminaux de carte bleue, dernière technologie avec l'option sans contact, si bien que l'argent liquide était devenu obsolète. J'ai donc pris un taxi, je n'avais confiance qu'en Christelle. Remettre les pieds dans mon ancien arrondissement me procurait des sueurs froides. J'ai pénétré dans le bar et l'odeur d'anis des pastis renversés m'a donné un haut-le-cœur. Christelle ne m'a pas reconnue, en revanche elle était formelle, le billet était authentique. Sur le point d'encaisser l'argent, elle a dit :

— Par contre, pour un Coca et des chewing-gums je prends pas un billet aussi gros. J'ai presque plus de monnaie.

J'étais déjà dehors, je ne l'écoutais plus.

Quand je suis remontée, Lulu avait remis son pull.

— Hors de question que tu m'arraches le reste, ça fait trop mal.

— Lulu, on a besoin de cet argent pour le loyer et puis tu vas pas rester avec des billets accrochés sur le corps, c'est ridicule.

— C'est facile à dire, c'est pas toi qu'on épluche !

— Allez, un peu de courage.

La séance a duré un moment. J'ai mis de la musique classique pour couvrir les cris de Lulu. Un cochon qu'on égorge. Scène de crime. J'avais de nouveau peur que les voisins appellent la police. Finalement, la récolte était plutôt satisfaisante, vingt billets au total. Lulu les a rangés dans une boîte à café qu'il a posée sur une étagère de cuisine, bien en hauteur.

— Tu m'en passes un ? C'est pour le taxi de demain, pour aller au travail.

— Je croyais qu'on essayait d'économiser, Anna. Ça ne va peut-être pas durer toujours, cette histoire.

— Et alors quoi ? Tu voudrais quand même pas que je prenne le RER ?

Il m'en a accordé deux et m'a fait promettre que ça couvrirait mes dépenses de la semaine. Puis il a fixé un cadenas sur la boîte et a caché la clef. Je me sentais humiliée, une petite fille qu'on prive de son goûter. Alors j'ai essayé de ruser, comme les gamins les plus malins de la cour de récré, ceux qui volent le quatre-heures des autres. Le reste de la soirée, je me suis tenue à carreau. Aux petits soins. Moi qui n'avais plus touché à une casserole depuis des semaines, je me suis lancée dans la préparation d'un plat d'exception, du poulet aux asperges avec une sauce au poivre. Le résultat était assez décevant, une mixture marron, on était pas loin du vomi de Lulu. Mais pour lui, c'était l'intention qui comptait. Après le dîner, je lui ai fait un massage en essayant quand même discrètement de détacher un ou deux billets, mais l'huile rendait la peau trop glissante. On a aussi fait l'amour, gémissements pornographiques et figures acrobatiques en prime. Orgasme plein d'entrain : Palme d'or à Cannes. Il était ravi. J'espérais que, après un tel étalage de ma dévotion, il enlèverait le cadenas, or Lulu n'était pas dupe, oh non !

*

Évidemment, moins de douze heures après, j'avais tout dépensé. Plus un rond, banqueroute. J'ai essayé de l'appeler sur son portable pour qu'il me ravitaille, mais Lulu faisait la sourde oreille. De retour à l'appartement après la journée de travail – j'ai dû me résigner à prendre les transports en commun –, je me suis acharnée sur la boîte. J'ai saisi une de ses pinces pour casser le cadenas, j'ai sauté dessus à pieds joints en espérant tordre le métal. Rien n'y faisait. À court de solutions, j'ai tenté moi aussi de me faire vomir. Après tout, si c'était arrivé à Lulu, pourquoi pas à moi ? Alors j'ai reniflé la poubelle commune, j'ai mangé du poisson périmé, j'ai même adopté la technique des deux doigts dans la gorge. Il y a bien eu des sécrétions, mais rien de probant. J'étais épuisée et sans ressources, la situation ne pouvait pas être plus catastrophique. Trois quarts d'heure plus tard, Lulu est rentré du supermarché les bras chargés des produits de sous-marque que j'avais l'habitude d'acheter auparavant, et qui à présent me dégoûtaient.

— Je ne toucherai pas à ça.

— Pas de problème, tu ne mangeras pas alors. Anna, grandis un peu.

Une fois les courses rangées, il est retourné à sa tâche. Depuis peu, il s'était remis à réparer des objets. Je revoyais ses gestes qui m'avaient tant impressionnée et qui m'inspiraient désormais du mépris. Un manuel, voilà l'homme que j'avais choisi. Pendant ce temps, je feuilletais un magazine qui détaillait les tenues de célébrités au dernier Met Gala en essayant de me concentrer malgré le bruit que faisait la ponceuse. Je me suis mise à rêver de Brad Pitt et Joaquin Phoenix, eux au moins n'avaient pas les mains sales, maculées de colle à bois.

Lulu a essayé de faire des blagues pour me dérider. Quand je suis sortie de la douche, il s'est posté devant moi le visage recouvert par celui de Jason Statham qu'il avait découpé dans mon magazine. « Désolé de pas être comme lui, mais pour les muscles je peux encore travailler… » Ça m'a touchée en plein cœur. Le palpitant cognait de nouveau dans ma poitrine. Pupille humide. Désir naissant au creux des reins. Un vrai, cette fois. J'y ai cru. C'était reparti. Nous nous étions égarés, mais tout était de nouveau possible. Je lui ai caressé les cheveux et j'ai promis que plus jamais je n'essaierais de lui arracher de l'argent du dos. On a fait chauffer le four et mangé une pizza surgelée, installés devant un film. J'ai posé ma tête sur son épaule. Le bruissement du papier faisait un son agréable.

11

J'ai fait de mon mieux, je le jure. J'ai concentré toute mon énergie pour réussir à me contenter d'un quotidien fait de sandwichs à la rosette et de samedis matin à aller au cinéma aux aurores car pour ces séances-là, on a droit à un tarif préférentiel. J'ai tenté de trouver agréables les vêtements synthétiques achetés à moins de vingt euros la pièce. J'ai essayé de m'adonner à des loisirs gratuits tels que la « promenade » ou encore la lecture. Je me suis même replongée dans *Le Capital* qui servait jusqu'alors à caler la coiffeuse style Louis XV que j'avais dégotée aux enchères. Durant mes nuits blanches, je me suis forcée à ne pas penser à l'argent qui dormait tranquillement dans la boîte à café cadenassée et qui poussait en vain sous l'épiderme de Lulu. En dépit de tous ces efforts, la vie me paraissait aussi insipide que des bâtonnets de surimi.

Le sevrage était dur. Lulu me perfusait de temps en temps pour que je puisse acheter une petite bricole qui me ferait plaisir. Mais ce n'était jamais assez. Afin de m'apaiser, il me conseillait de chercher l'enfant en moi, de renouer avec mes racines et toutes ces conneries qu'on trouve dans les bouquins de développement personnel. À ce propos, j'avais trente-quatre appels en absence de mon père. Je l'avais ignoré sans le vouloir, j'étais très occupée. Peut-être que Lulu avait raison, après tout, je n'avais rien à perdre à lui rendre visite.

Mon père a ouvert la porte et l'appel d'air m'a envoyé une bourrasque de sucre et de beurre dans les narines. Je l'ai embrassé, et c'était comme si j'avais mis du Labello tant sa joue était luisante de graisse.

— Je termine les crêpes et je suis à toi !

Penché sur ses fourneaux, le torchon sur l'épaule, mon père faisait glisser le petit disque de pâte et le retournait avec une agilité que je lui connaissais bien. Son dos était moins droit que dans mon enfance, il était moins rapide, mais l'essentiel se maintenait. Je me suis appuyée contre le cadre de la porte et, en balayant la pièce, mon regard a buté sur une photocopie de mon diplôme de master, accroché au frigo par un de ces magnets gratuits qu'on gagne dans les paquets de cordons-bleus industriels et qui représentent une région de France. J'ai soulevé le coin corné de la feuille. Un peu de ketchup s'était collé à sa surface.

— Pourquoi tu gardes ça, papa ? Tu peux le jeter, ça vaut rien du tout.

— Oh, Anna, c'est pas parce que tu es passée dans une autre sphère qu'il faut renier ton passé. Tu dois être fière de toi.

La crêpe commençait à brûler dans la poêle.

— Merde, a dit mon père, va t'installer, je te rejoins dans une minute.

L'appartement n'avait presque pas changé, lui non plus. Bien sûr, les murs avaient jauni, le crépi tombait en ruine à certains endroits, dans les coins surtout, mais si on ne s'y attardait pas trop, ce n'était pas choquant. Pourtant, je ressentais un vague malaise, un dégoût qui peu à peu montait de l'estomac pour venir taper dans la boule au creux de ma gorge comme une queue de billard. Il était là, d'ailleurs, trônant fièrement au milieu du salon. Il paraissait beaucoup plus grand que lorsque je l'avais acheté, sûrement parce que la pièce était plus étroite que le magasin. Le billard semblait n'avoir jamais servi.

— Tu joues pas, papa ?

Par-dessus le crépitement de la poêle je l'ai entendu crier, un peu gêné :

— Oh si, mais tu sais, seul, c'est moins rigolo...

J'ai préféré ignorer. J'ai poursuivi mon exploration. Un vrai musée de la classe populaire avec son kitsch et sa désuétude. J'avais honte. La collection de boules à neige au décor de pays dans lesquels il n'avait jamais mis les pieds végétait sur une étagère, le grand tableau acheté chez Gifi et représentant un taxi new-yorkais était accroché au-dessus du buffet. J'ai eu une idée qui m'a redonné le sourire.

— Papa, ça te dirait d'aller aux États-Unis ? Je te paie l'hôtel, le billet, tout ça, en première classe !

Mon père a ri. Revenu de la cuisine avec une montagne de crêpes, il l'a déposée sur la table basse recouverte d'une toile cirée.

— Tu es drôle, ma puce. Qu'est-ce que j'irais faire aux États-Unis ? Du rodéo ?

— Tu pourrais voir autre chose, changer d'air.

— J'en ai pas besoin, Anna, on vit déjà dans la plus belle ville du monde !

Je triturais les cuticules de mes ongles. Qu'est-ce qu'il était borné... Le jour où nous avions emménagé dans cet appartement m'est revenu en mémoire. Mon père avait un peu menti sur notre dossier, trafiqué ses fiches de paie pour que l'agent immobilier et les propriétaires ne tiquent pas. On ne connaissait personne qui gagnait suffisamment pour être notre garant en cas de loyer impayé, mon père avait alors croisé les doigts très fort en espérant. Il était revenu un soir, tout heureux, et m'avait soulevée dans ses bras : « Ça y est, Anna, on va vivre à Paris ! Au cœur du monde, là où il faut être. » On aurait dit un ado invité à sa première boum. De mon côté, je ne comprenais pas pourquoi c'était si important. J'avais mes copains du quartier, ma salopette rose Kiabi, et mes deux incisives venaient de tomber, me conférant un sourire tout en dents du bonheur exagérées : j'étais heureuse. Nous avions fait les cartons et, bien qu'il nous ait suffi de traverser le périph pour nous rendre dans ce paradis sur terre, pour mon père, ce trajet représentait l'équivalent d'un long-courrier. Ce matin-là, il avait mis un costume-cravate en répétant devant le miroir « On s'installe dans la capitale, tout de même ! » puis il avait peigné mes cheveux pendant de longues minutes et m'avait enfilé une jolie robe : « Faut qu'on montre qu'on n'est pas des ploucs ! » Une fois arrivés dans le petit deux-pièces (pour me laisser une intimité, il dormirait sur le canapé du salon), il avait pris ma main et m'avait conduite jusqu'à la fenêtre.

— Alors, qu'est-ce que t'en penses ?

— J'sais pas, c'est une rue, quoi.

— Ne dis plus jamais ça, Anna, tu sais, il y a sûrement plein de gens très importants qui ont marché dans cette rue, comme Mitterrand ou Johnny.

À nos anciens voisins de Bobigny à qui il continuait de téléphoner, il certifiait que nous avions vue sur la tour Eiffel. Géographiquement, c'était impossible, mais personne ne risquait le moindre commentaire. Dans un supermarché à côté de notre nouvel appartement, il avait trouvé la même marque de poulet que nous avions l'habitude de manger tous les dimanches.

— Tu trouves pas qu'il est meilleur que chez nous ?

Ainsi donc, Paris n'était pas vraiment chez nous. La Ville lumière demeurait un ailleurs et nous, ses squatteurs excités, éblouis par la largesse de ses trottoirs et par l'histoire de ses monuments.

— Tu pourrais visiter l'Empire State Building et te prélasser dans des palaces ! lui ai-je lancé, me réveillant de mes souvenirs.

— Oh, c'est pas mon genre...

— C'est quoi, ton genre, alors ? Les coupons de réduction et les vieilles redifs à la télé ?

J'ai immédiatement regretté ma saillie. Mon père a baissé les yeux. Je l'avais blessé, mais c'était plus fort que moi.

— Allez, n'en parlons plus ! Prends une petite crêpe, ma chérie.

— C'est gentil, mais je n'ai pas faim.

— Alors tes biscuits préférés ? J'en ai toujours dans la cuisine au cas où tu passerais.

— C'est de la nourriture aussi, et je n'ai pas faim.

— Bon, bon, un café, du coup ?

Avant que je réponde, il est reparti dans la cuisine. Je suis restée assise sur le canapé, depuis toujours recouvert de plastique car mon père ne voulait pas l'abîmer. Il l'avait acheté douze ans plus tôt.

— T'utilises encore une cafetière à piston ? Enfin, papa, je vais t'en commander une vraie, une Nespresso, tu verras, ça n'a rien à voir.

— Merci, mais j'aime bien cette cafetière, moi.

Je naviguais déjà sur mon téléphone pour lui commander une machine à café sur Amazon. Avec Prime, elle lui serait livrée le lendemain.

— Qu'est-ce que tu fabriques ? Pour une fois que tu viens me voir, tu pourrais couper ton portable...

— Je t'achète une nouvelle cafetière, patiente un peu.

Sans que je m'y attende, mon téléphone a reçu une grande tape et s'est échoué sur la moquette.

— T'es malade, qu'est-ce qu'il te prend ?

— Désolé, ma puce, m'a dit mon père, un peu hagard, c'est que... Arrête de vouloir m'offrir des choses. J'ai juste envie d'être avec toi.

Je n'ai pas écouté ses excuses, déjà en chemin vers la sortie.

— Attends, attends, Anna, je t'emballe les crêpes pour que tu les apportes à Lulu, peut-être qu'il aura faim, lui. Et puis tu m'as même pas raconté vos vacances, c'était bien ?

J'entendais sa voix résonner dans la cage d'escalier. Il m'a rattrapée sur le trottoir.

— Tout ce que tu essaies de faire pour moi, c'est adorable, pardon, ma fille. Un câlin au moins ? Tu repasses me voir bientôt, c'est promis ?

En quittant le quartier, je respirais de nouveau. J'ai demandé du gel hydroalcoolique au chauffeur du taxi. Si j'avais pu, j'en aurais recouvert tout mon corps tant j'avais l'impression d'être crasseuse.

— Ça s'est bien passé avec ton père ? m'a demandé Lulu.
— Nickel, il t'embrasse, d'ailleurs.

*

Depuis quelques jours, je peinais à me lever le matin, aller au travail était devenu un véritable calvaire. J'étais un pantin dépressif dont on tirait les ficelles pour qu'il lève les bras. Sans nouveauté à exhiber devant mes collègues, je passais inaperçue, je n'étais plus rien. Alors, en cachette de Lulu, j'inventais des problèmes pour m'esquiver quand j'étais trop découragée. Une panne de chaudière, un enfant malade à garder à la maison (je n'en avais pas, bien sûr, mais ce détail n'avait effleuré l'esprit de personne). Les petits soucis des gens normaux. Marc râlait au téléphone puis finissait par se résigner, Sandrine était tout à fait capable de me remplacer le temps d'une journée.

Ainsi libérée, j'égrenais les heures au sein des boutiques de luxe. Les vendeuses, que j'avais appris à connaître, me saluaient gentiment de la main. Parfois, j'entrais et me plaisais à essayer les nouvelles robes, consciente que je ne pourrais jamais les acheter. Voilà à quoi se résumait alors l'existence : une suite de frustrations.

Pourtant, devant Lulu je ne laissais rien paraître. Ces sacrifices étaient pour lui. Il n'en prenait certainement pas la mesure, tournant à la blague mon mal-être grandissant. Notre amour, en revanche, avait recommencé comme aux premières heures. Il me regardait avec tendresse et bienveillance, me caressait les pieds lorsque je faisais la sieste. Mon réconfort.

Mais un soir, je n'ai pas pu me retenir. Lulu s'est déshabillé pour se mettre au lit. Sur son dos, les billets faisaient de petites écailles. Il y en avait de tous les montants et de toutes les couleurs. Carapace multicolore. Bête mythologique aux reflets iridescents. Beau. Puissant. Plus solide qu'avant. J'avais envie de lécher cette nouvelle peau. M'agenouiller aux pieds du demi-dieu qu'il était devenu. Lui vouer une allégeance éternelle. Me donner en offrande. Fascinée et éperdue. Le pouvoir de l'imagination se révélait irrésistible : j'étais tout humide. Lulu s'est excité en voyant l'effet qu'il avait sur moi. Il a embrassé mes lèvres tandis que je le mordillais. Ses mains sont descendues jusqu'à mon entrejambe, son sexe m'a pénétrée. Nous rejouions l'androgyne de Platon. L'âme sœur enfin retrouvée. Non plus deux corps séparés, mais un seul indissociable. Ses mouvements se faisaient plus vifs et j'ai été emportée moi aussi. Je tâtais ses bras durcis par l'argent, j'étais enveloppée, au chaud. Puis, sans que je m'en aperçoive, mes doigts ont commencé à s'agiter. Je me surprenais à faire des gestes nerveux, incontrôlables. Mon pouce et mon index se sont rapprochés comme les deux branches d'une tenaille et ont piégé un des billets. Mes tendons se sont crispés, j'ai tiré dessus de toutes mes forces. Le billet était trop fermement accroché. Lulu ne se rendait compte de rien : il croyait encore à un accès de passion. Alors j'ai misé sur un emplacement plus stratégique, juste à droite de la colonne vertébrale, au niveau de la nuque. Je masquais mes tentatives en le caressant à d'autres endroits, mais cette fois, le leurre n'a pas fonctionné longtemps. Lorsque j'ai mis suffisamment de vigueur pour parvenir à arracher un billet de cent, Lulu a tressailli. Il s'est retiré brusquement, le visage luisant de transpiration.

— Tu me pèles encore ? Il faut que tu te fasses soigner, tu me fais peur.

— Pardon, pardon, mon amour. Je n'ai pas fait exprès...

— C'est terminé, Anna, t'es allée beaucoup trop loin.

Lulu m'a tourné le dos et a rabattu la couverture. J'ai pris un somnifère pour dormir. Supprimer la tristesse et l'angoisse. En espérant qu'au petit matin il m'ait excusée. Un accident de parcours. Voilà tout.

Cette nuit-là, j'ai fait un rêve formidable. Je naviguais sur une rivière, dans un petit bateau aux rames de bois. Assoiffée, je me suis penchée par-dessus l'embarcation. J'ai formé une coupe avec mes mains pour recueillir de l'eau et, quand je les ai remontées à la surface, elles étaient remplies d'argent. La rivière m'en offrait une source intarissable. J'ai avalé ces billets. De pleines poignées. Ça me bourrait de bonheur. J'étais enfin rassasiée. Je me caressais le cou et les cuisses avec. Je les frottais dans ma culotte. Un érotisme financier inédit. J'étais infatigable, un puits sans fond. Les billets glissaient dans ma gorge sans rencontrer le moindre obstacle.

Au réveil, par réflexe, j'ai tendu mon bras vers la droite, mais je n'ai senti que les draps. En ouvrant les yeux, j'ai constaté que, à la place de Lulu, il n'y avait qu'un billet de cinq euros. Je me suis levée d'un bond. Mes pas légers craquaient sur le parquet. J'ai regardé dans la seconde chambre, le salon, la salle de bains. J'ai passé ma tête par la fenêtre pour inspecter le balcon. Par acquit de conscience, j'ai même fouillé le fond de la panière de linge sale. Lulu était introuvable.

J'ai scruté le billet resté dans la chambre. Un lambeau de peau était encore accroché à son verso. Une pointe de panique m'a saisie. Et si je l'avais fait ? Si mon rêve n'en était pas vraiment un ? Si j'avais pelé Lulu jusqu'au bout ? Je tâchais tant bien que mal de me raisonner. C'était impossible, à la fin, il devait nécessairement demeurer quelque chose d'un corps humain. Un substrat. Les os, au moins. Lulu n'avait pas pu se transformer en une montagne d'argent avec, en dessous, seulement de l'air. En même temps, la vraisemblance nous avait fait faux bond depuis un certain temps. Ou alors, il était parti ? J'ai ouvert les placards : ses affaires étaient toujours rangées à leur place habituelle. J'ai attendu quelques heures, au cas où il reviendrait. Je l'ai appelé une quinzaine de fois. Je lui ai laissé des messages vocaux incohérents : « Mon amour, tout va bien ? Rappelle-moi, s'il te plaît », puis « Espèce de connard, réponds-moi ! » avant de m'apercevoir que son portable était coincé dans le canapé. La panique est montée d'un cran. La boule se faisait de plus en plus lourde. Son poids m'a fait tomber sur le sol.

Au terme d'une journée faite de rongements d'ongles et de genou qui monte et qui descend nerveusement, j'ai enfin eu l'idée de récupérer la boîte à café. Je me suis hissée sur un escabeau et j'ai tendu le bras à fond. Ma main tapotait le dessus de l'étagère la plus haute, à l'aveugle. J'ai réussi à attraper l'angle de l'objet en métal et, grâce à une technique de balayage, la boîte est enfin tombée. Le cadenas avait été enlevé, l'argent envolé.

Pendant que Vladimir me regardait faire les cent pas dans cet appartement qui me paraissait désormais bien vide, j'ai repensé aux événements des derniers mois. Comme dans les films où les flash-back défilent très rapidement dans l'esprit du personnage principal. Les images se succédaient, se superposaient parfois. Nos souvenirs joyeux lorsqu'on envoyait des avions en papier dans la Seine, nos après-midi à nous aimer. J'étais émue. Une idée m'a alors frappée de plein fouet : c'est entre notre première sortie au cinéma et la dernière fois où j'ai porté du cachemire qu'une parole de Lulu s'est intercalée l'air de rien, et qui prenait désormais tout son sens. S'il était parti, il ne pouvait se trouver qu'à un seul endroit, et j'allais le ramener par la peau du cou. On ne m'abandonne pas comme ça. Surtout sans un sou. J'avais la clef.

12

Avant de partir, j'avais consulté mon compte bancaire pour faire le point sur la situation. J'avais à peu près les moyens de m'acheter une baguette de pain. J'avais déjà dépensé tout mon salaire et j'étais incapable de me rappeler en quoi. En vue de financer ma recherche de Lulu, à contrecœur, j'ai vendu sur leboncoin des objets dont je ne me servais plus. Les potentielles acheteuses pinaillaient pour quelques centimes, remarquaient la rayure sur les bottines en cuir de vachette, le bouton-poussoir un peu bloqué de l'iPad. Bon, vous le voulez ou pas ? On ne va pas tergiverser toute la soirée. J'ai accepté les réductions qu'elles exigeaient, il me fallait de l'argent. Au début, j'avais du mal à lâcher mes affaires, mes doigts se crispaient, enserraient les étoffes. Puis, peu à peu, voir ces vieilleries disparaître m'a apporté une certaine allégresse. Lampes et radio-réveil de designer, jupes et sacs de couturiers s'éloignaient sur le porte-bagages d'une bicyclette vers un autre appartement où ils éclaireraient, réveilleraient et habilleraient des personnes qui n'étaient pas moi. Je leur souhaitais bon vent.

J'ai acheté les billets sur le site Internet d'une compagnie low cost. Mon empreinte carbone ? Notre génération a déjà fait l'immense sacrifice des pailles en plastique dans les menus des fast-foods. Chaque chose en son temps. La compagnie aérienne proposait des réductions en veux-tu en voilà, couleurs flashy en vue d'attirer le chaland, destinations de rêve contre un prix ridicule. En contrepartie, il fallait payer pour choisir son siège, payer une prise pour recharger ses appareils, payer pour avoir un gros bagage et un petit, payer pour boire de l'eau. Et pour amener l'oiseau, c'était pareil. Supplément supplément supplément. Alors je suis partie munie d'un sac à dos léger, empilant les couches de vêtements sur mon corps. J'avais regardé les températures. Alors qu'à Paris l'été approchait, là-bas c'était le froid polaire. Le dérèglement climatique, sans doute. Ça m'arrangeait, je voulais disparaître sous la laine, m'enfouir sous l'écharpe. Je ne rechargerais pas mon téléphone, et pour la place je ferais confiance au hasard. Je ne boirais pas d'eau.

L'aéroport de Beauvais se situait en dehors de la ville. Loin, très loin même. Plus loin que le bout de la ligne du RER D. Je ne croyais pas cela possible. Il était hors de question de commander un taxi, comme lorsque Lulu et moi étions partis à Tahiti. Je devais prendre une navette, un bus qui empruntait l'autoroute. Réveil à 4 heures du matin. Effroi devant le miroir de la salle de bains. Yeux bouffis, gonflés, prêts à exploser. Visage de déterrée. Lèvres sèches comme pendant une gueule de bois. Vladimir silencieux. Les dernières fleurs offertes par Lulu et que je ne m'étais pas résolue à jeter étaient toutes fanées. Les roses penchaient tristement la tête vers le sol. S'en dégageait une odeur de moisi, faute à la mousse verte qui s'était formée à la surface de l'eau. Un funérarium à l'abandon. J'ai rangé le billet de cinq euros – dernière trace de Lulu – dans ma poche, il me porterait chance. J'ai claqué la porte et laissé Vladimir dans ce tombeau avec suffisamment de graines pour tenir toute une guerre.

Il faisait encore nuit sur le parking. Les cigarettes allumées semblaient figées dans l'espace, dessinant de petites étoiles. Constellation du pauvre. Les portes du bus se sont enfin ouvertes. Bien vite, j'ai remarqué que la plupart des passagers avaient opté pour la même technique que moi. Des couches et des couches de vêtements qu'ils renonçaient à retirer car, à un moment, il faudrait les remettre. Ça tirait sur les cols roulés, visages suintants. Les bras engoncés rendaient tout mouvement difficile, hasardeux et maladroit. Le trajet s'annonçait étouffant. Des haut-parleurs diffusaient de vieux tubes. Le conducteur fredonnait *Lovemeplease-looooveme* et peinait dans les aigus. Derrière moi, un adolescent regardait une sitcom sans écouteurs. Une famille mangeait des sandwichs triangles. J'ai essuyé la vitre avec ma manche pour avoir une lucarne bien nette et je me suis mise à compter les voitures vertes. À cette heure matinale, il y en avait peu. Je me suis laissé bercer par le ronronnement du véhicule et mes paupières se sont closes. Soudain, un Espagnol a crié quelque chose en espagnol : nous étions arrivés à l'aéroport.

Un hangar. Incrédule, je me suis frotté les yeux, mais il s'agissait bien d'une structure rectangulaire recouverte de tôle. Le moindre coup de vent semblait pouvoir la démonter. Rien à voir avec l'aéroport d'où nous nous étions envolés pour

Faaa. Ici, pas de verrière ni de sculpture pour égayer l'œil. Le carnaval des valises à roulettes a débuté. Leurs couleurs vives tranchaient la grisaille alentour. J'étais déboussolée.

À l'intérieur, deux files s'étaient formées : celle des passagers prioritaires et celle des gens comme moi, qui n'avaient voulu dépenser rien d'autre que le prix de leur place. Aux premiers on souriait, on offrait un bonjour. Aux autres, nada. Cette fois-ci, aucun passe-droit, l'abdomen collé contre les fesses du passager de devant. On avait l'impression de patienter pour faire quelque chose d'important. Pourtant, de l'autre côté, il n'y avait qu'une autre salle d'attente.

Arrivée au poste de contrôle, j'ai tendu mon passeport à l'employé de l'aéroport. L'homme à la chemise blanche ornée d'un écusson m'a demandé si je voyageais seule.

— Avec mon petit ami.

— Il est déjà passé par le portique ?

— Non, il est dans ma poche.

Le monsieur a ri et m'a souhaité un bon vol. Ensuite, j'ai saisi un bac en plastique. Retirer les chaussures, ceintures, bijoux, tout ce qui peut sonner, sauf les pacemakers. Puis il fallait encore attendre, l'avion n'était pas prêt. J'ai acheté une barre de céréales au distributeur et me suis assise par terre, tous les sièges étaient occupés. Un agent d'entretien lavait le sol à l'eau claire. Mon pantalon a reçu quelques éclaboussures.

La classe économique s'avérait encore moins confortable que ce que j'avais imaginé. Nuque arquée. Dos tordu. Jambes repliées. Même dans la soute, calée entre une valise et un chien en cage, j'aurais sûrement été plus à l'aise. Et pour ne rien arranger, depuis l'avant-veille, j'avais mal au genou.

À ma gauche, le hublot m'offrait une vue sur l'aile et le réacteur, si gros que j'aurais pu voyager à l'intérieur. Sur le tarmac, un employé en gilet orange agitait deux sticks fluorescents. À ma droite, une femme s'est endormie avant même le décollage. Dommage, elle ratait les consignes de sécurité. Lors de mon précédent voyage, en première classe, j'étais déjà saoule de champagne, je ne les avais pas entendues. Je découvrais les issues de secours. Les gestes de l'hôtesse me faisaient penser aux miens lorsque j'étais au studio. Était-elle correctement rémunérée pour cette chorégraphie ? Voilà ce qu'il faut faire si la cabine se dépressurise, si une aile tombe, si nous faisons des loopings, si nous nous écrasons au cœur de l'océan. Surtout, n'oubliez pas d'enlever vos talons hauts si nous devons glisser sur le toboggan pour sortir. Une sorte de bande dessinée était placardée sur les dossiers des sièges, je l'ai étudiée avec attention. De petits personnages semblaient extrêmement calmes au milieu d'un habitacle en feu. J'étais impressionnée par ce stoïcisme à toute épreuve. Juste avant le décollage, j'ai reçu un SMS de Sophie : elle avait réussi. Bravo ! Six ans d'études pour être payée un peu plus que le Smic et se faire insulter par des gamins toute la journée. Fallait-il sortir le champagne pour ça ? J'ai envoyé un émoji « clap clap » accompagné d'un « Tu comptes me rembourser pour les heures de soutien scolaire et psychologique ? ». Elle l'a pris à la rigolade : tant mieux pour elle.

L'avion a accéléré en ligne droite et adieu la pesanteur. D'abord le nez, ensuite la queue, ça faisait du remue-ménage dans les intestins : la sensation n'était pas si désagréable. Mes oreilles se sont bouchées. On a traversé une zone aveugle. Puis nous sommes passés au-dessus des nuages. Je me plaisais à penser que c'était une nouvelle naissance. Du coton pour les yeux.

Un steward est passé dans l'allée avec un gros chariot. Il proposait des boissons, mais aussi des tickets à gratter et du parfum détaxé. Personne n'a acheté quoi que ce soit, les bouteilles sont restées dans leurs emballages. Quelques instants après à peine, nous avons commencé notre descente.

Vue du ciel, l'Irlande ne ressemble à rien. Ou, plutôt, elle ressemble à tous les autres pays vus du ciel. Du vert et du marron, quelques reliefs et les grands quadrillages des champs agricoles. Le signal lumineux s'est réactivé, nous devions boucler nos ceintures. Mes oreilles se sont débouchées brutalement, j'ai glissé mon doigt à l'intérieur pour vérifier que je ne saignais pas. Malgré les turbulences, l'avion avançait droit. L'asphalte se rapprochait de plus en plus, jusqu'à ce que les roues l'effleurent, rebondissent une ou deux fois et glissent dessus. Quand le moteur s'est arrêté, des personnes âgées ont applaudi comme pour dire merci de ne pas nous avoir tués. J'ai trouvé leur attitude sympathique.

L'aéroport de Dublin rappelait celui que j'avais visité quelques heures plus tôt, mis à part les écriteaux en anglais. À la sortie, j'ai dû prendre une nouvelle navette vers le centre-ville. La pluie ramollissait la terre, et la boue avait sali mes bottines en daim. J'avais imprimé l'adresse de l'hôtel ainsi qu'un plan de la ville que j'avais glissés dans une pochette plastique. Pendant tout le voyage, je tâtais la poche intérieure de ma veste pour vérifier qu'elle était en place. Je suis descendue sur une grande avenue, pleine de bruit et de monde. Un bouillonnement citadin de klaxons et de pots d'échappement. Je devais marcher encore un peu, l'eau dessinait de petits ruisseaux entre les pavés. Murs en briques. Ville rouge. J'ai rapidement trouvé l'hôtel. Frottement des pieds sur le paillasson. Le réceptionniste parlait avec un accent très prononcé.

— *No visitors allowed, OK?*

— *Yes.*

— *By visitors, I mean no men allowed, OK?*

— *Yes.*

— *One room, one person, OK?*

— *Yes.*

Il a fini par me confier les clefs. L'escalier était aussi raide qu'un mur d'escalade, il fallait monter les cuisses aux épaules pour gravir les marches, mais je suis parvenue tant bien que mal jusqu'à la chambre. Minuscule, elle était. On ne pouvait pas ouvrir la porte entièrement car le lit la bloquait. Il n'y avait ni penderie ni douche, les toilettes communes se trouvaient sur le palier. Un papier peint fleuri rappelait les motifs de la couette fatiguée et, dans l'angle gauche de la pièce, une chaise et une lampe de chevet complétaient l'ensemble. Quatre-vingt-neuf euros la nuit. L'inflation, m'a-t-on dit.

Je me suis pelée comme un oignon. Couche après couche, les vêtements ont laissé place à ma peau, je récupérais ma silhouette. J'observais mon corps avec une certaine surprise. Mes cuisses paraissaient moins fermes : j'avais vieilli. J'ai regardé par la fenêtre la rue piétonne, les bars et les quelques touristes qui se promenaient malgré les intempéries. Perche à selfie, bras tendu bien haut, sourire en *cheese*. J'ai attendu plusieurs minutes que la pluie cesse, avant de comprendre qu'elle ne cesserait pas. Mon estomac gargouillait de manière menaçante. J'ai remis un pull et je suis sortie.

Je me suis engouffrée dans le premier restaurant ouvert et j'ai commandé un ragoût, immonde mais typique. Des morceaux d'une viande non identifiable baignaient dans une sauce marron dont la surface se boursouflait de petites bulles de gras, comme s'il voulait s'échapper. Pommes de terre et carottes se donnaient la main, solidaires dans ce désastre culinaire. Quand le serveur m'a apporté l'addition, je lui ai demandé s'il avait aperçu Lulu en lui tendant mon téléphone. La photo était un peu floue car Lulu ne pouvait jamais s'empêcher de bouger. Le type a marmonné un truc puis a débarrassé la table sans même la regarder.

Je suis restée assise sur la banquette en bois pendant une heure. J'émiettais du pain en essayant de suivre les conversations des habitués autour de moi, mais ils parlaient trop vite. La télévision offrait un match de football gaélique, un mélange étonnant entre le foot traditionnel et le rugby. En somme, les joueurs devaient viser une cage et, pour ce faire, pouvaient lancer le ballon du pied ou de la main. Lulu aurait trouvé ça amusant.

Une fois dehors, j'ai marché jusqu'à la cathédrale Saint-Patrick. Le ciel gris a laissé percer une éclaircie. Avant mon départ, afin de cibler les endroits où pouvait se trouver Lulu, j'avais tapé sur Internet « Que faire à Dublin ? ». Pour Rome, Paris ou Londres, des dizaines et des dizaines de bâtiments historiques semblaient mendier notre intérêt. Ici, en revanche, les sites ne recensaient que douze « incontournables ». En comptant le cimetière. Saint-Patrick arrivait en tête. Apparemment, l'architecture gothique la faisait ressembler à une maison hantée. Arrivée devant, j'ai essayé de pousser la lourde porte. J'ai senti une résistance, alors j'ai poussé plus fort en me remémorant les conseils de Marc : une porte, c'est fait pour être enfoncé. Un homme a glissé son cou dans l'entrebâillement et m'a hurlé dessus. Je n'ai pas compris s'il faisait valoir un culte ou des travaux. À lui aussi, j'ai montré la photo. À son tour, il a marmonné une phrase inintelligible.

J'ai passé un moment dans le parc qui entoure la cathédrale. L'herbe était très verte, certains oiseaux dont je ne connaissais pas le nom voletaient d'un banc à l'autre. J'ai pensé à Vladimir qui me manquait bien. J'espérais qu'un jour il gazouillerait comme avant. L'humidité avait décollé la peinture du banc et, avec mon ongle, je continuais le travail. J'aimais voir le bois se découvrir, j'avais l'impression de l'aider à respirer. Au fond de moi, je commençais à désespérer. J'avais froid et rêvais d'un latte macchiato. Cette ville n'en proposait aucun. Qui aurait envie de vivre dans un tel cauchemar ? Mon état psychologique était effroyable.

Le numéro de téléphone de Marc s'est affiché sur mon écran. Mince, j'avais complètement oublié que j'étais une femme adulte avec des obligations super chiantes telles que me rendre tous les matins à mon job.

— Toutes mes excuses, Marc, je suis souffrante, je dois rester à la maison.

— Encore ? Et qu'est-ce que tu as, cette fois ?

— Une pneumonie.

J'ai toussé pour plus de crédibilité.

— Une pneumonie ? Oh, Anna, je suis désolé pour toi...

Je me suis rendu compte que c'était peut-être excessif. J'ai essayé de me rattraper.

— Une toute petite pneumonie, hein. Ne t'inquiète pas, d'ici la semaine prochaine je serai sur pied.

— Tu me prends pour un con ? T'as un certificat médical pour l'arrêt-maladie ?

— Un quoi ?

— Anna, quand t'es malade, il faut un certificat. Tu le savais pas ? Dans quel monde tu vis ?

J'étais coincée. Il fallait maintenant que je trouve un médecin attestant que j'avais une pneumonie express de sept jours. Au lieu d'y penser, je me suis dirigée vers la deuxième cathédrale de la liste, Christ Church.

À l'entrée, un grand panneau détaillait l'année de construction du bâtiment, ses particularités et les anecdotes importantes à connaître pour comprendre toute la complexité et l'histoire de l'édifice. Et ce, dans toutes les langues parlées en Europe. J'avais de la bonne volonté, mais le corps de police était minuscule, alors j'ai renoncé. Une dame est apparue devant moi comme un ange. J'ai immédiatement dégainé la photo de Lulu. Elle semblait triste pour moi et, pour le signifier, secouait sa tête de droite à gauche. Elle a essayé de m'expliquer quelque chose. Ma technique consistant à hocher le menton en souriant et à répéter « *Yes* » n'a pas fonctionné. Alors elle m'a prise par la main et m'a menée vers un casque audio relié au mur par un long câble. Elle me l'a tendu. « *No money, I have no money.* » Elle m'a quand même enfoncé les écouteurs sur la tête et s'est retirée. Dans les oreilles : Haendel. Je ne l'ai pas reconnu, c'était indiqué sur un écriteau. C'était beau. Le genre de musique qu'on joue lors de mariages ou d'enterrements. Ça cadrait bien avec l'ambiance de l'église, j'étais toute transportée. Je me sentais plus grande, tirée par un fil qui partirait du sommet de mon crâne et m'amènerait vers le plafond de la nef. Un fil qui m'élevait, pas comme celui du boulot qui faisait de moi une marionnette. Les violons semblaient caresser les statues. Mon corps s'est réchauffé, je n'avais plus besoin de frotter mes mains l'une contre l'autre.

À la fin du morceau, la dame est revenue. Elle m'a tendu le bras et je me suis laissé guider. Nous sommes descendues dans la crypte. Des armures médiévales de toute sorte y étaient disposées dans des vitrines. Les chevaliers, les épées et tout le folklore, ça ne m'intéressait pas vraiment. Mais comme je ne voulais pas paraître ingrate, j'ai repris mes hochements de menton en écoutant ses explications.

Tout à coup, sa bouche s'est tendue en une grimace rieuse. Elle devait me montrer la pièce maîtresse de l'église, le joyau ultime, peut-être même le trésor le plus important de tout le pays. Ses doigts battaient l'air et trahissaient son impatience. Je m'attendais à découvrir le tombeau d'un saint quelconque que je ne connaîtrais probablement pas. Mais son excitation était contagieuse, j'avais hâte moi aussi.

On s'est arrêtées devant une toute petite vitrine poussée dans un coin. La dame avait raison d'en faire des caisses. J'ai été surprise. On y voyait un chat qui poursuivait un rat. Le carton précisait que les dépouilles étaient authentiques. Elles avaient été retrouvées momifiées à cause de l'absence d'air dans un tuyau de l'orgue. J'ai pensé que c'était une très belle métaphore, mais je n'arrivais pas à en formuler le sens. J'étais scotchée. Je trouvais l'état de conservation incroyable, le chat avait encore ses moustaches, la scène paraissait vivante. Un épisode de *Tom et Jerry* médiéval figé pour l'éternité.

Avant de sortir de l'église, j'ai glissé dans une boîte à dons quelques pièces en offrande. J'en avais sûrement plus besoin que l'institution catholique, mais j'ai senti que ça faisait plaisir à la dame. J'ai allumé un cierge en priant. J'ai demandé à Dieu (qu'il soit parfait, mort ou encore un homard à double pince) de m'aider à retrouver Lulu et de me rendre riche de nouveau.

Dehors, la pluie avait repris. Je me suis perdue le long des artères, constatant que l'errance avait quelque chose d'agréable. Plus je me concentrais sur mes pas, plus mes pensées devenaient immédiates. La mélancolie ne se manifestait que par intermittence.

J'ai croisé par hasard Oscar Wilde. L'écrivain était installé sur une pierre, dans une posture assez incongrue. Il semblait faussement décontracté, une jambe tendue de manière lascive, mais sur son visage transparaissait une grande souffrance. De la main droite, il s'accrochait au caillou afin de repousser l'inévitable chute. Pour plus de réalisme, la statue avait été peinte. Gilet vert et pantalon gris, un style local, un peu désuet. J'ai passé le reste de la journée à barrer les différents noms sur ma liste. J'ai demandé à une cinquantaine de personnes. Lulu était introuvable.

En Irlande, il y a trois fiertés nationales : Beckett, Joyce et la Guinness. Même Wilde passe après. Le premier, je connaissais bien. Le deuxième, je n'y comprenais rien. Alors, je me suis rabattue sur la troisième.

La nuit était tombée tôt. Sous la lueur des lampadaires, le rouge des briques avait laissé place à des murs anthracite. Une ville dessinée au crayon à papier. Cité brouillonne. J'ai remonté la rue pour arriver jusqu'au centre-ville. Là, il y avait le choix. Temple Bar et autres pubs à chaque croisement. L'un d'entre eux s'appelait *The Lost Souls*. L'intérieur était visible derrière le verre fumé de la façade, on avait l'impression qu'il y faisait bien chaud. Je me suis installée à une table haute en forme de tonneau. J'ai compté les piécettes qui me restaient. Le guide du routard était formel : le coût de la vie à Dublin était élevé. J'ai quand même commandé une pinte. J'espérais que le houblon parviendrait à dissoudre ma boule.

J'ai rapidement été accostée par un jeune homme. Tête typique d'Irlandais. Rousseur angélique sur peau tachetée d'or. Dents mal alignées dans une bouche aux lèvres fines. Visage de chérubin contrastant avec un corps massif. Probablement un joueur de football gaélique. Épaules larges. Démarche assurée.

— *Are you OK ? You look sad.*

— *Yes.*

— *Are you alone in Dublin ?*

— *Yes, I'm a widow.*

— *You're French, right ? You have French cynicism.*

Connor, il m'a dit. Je n'étais pas d'humeur à bavarder. Je le voyais arriver avec ses grandes chaussures, zéro finesse dans l'attitude. Il allait falloir minauder, faire semblant. Je voulais couper court à la discussion, mais le garçon n'était pas du même avis. Il a commandé deux autres bières. Notre échange n'avait aucun intérêt. Connor faisait des études de marketing international et rêvait de s'installer à Paris, qu'il n'avait jamais visité. Il me décrivait une ville fantastique. Une variation du *Fabuleux Destin d'Amélie Poulain*, l'accordéon en moins. Il parlait de la splendeur de l'architecture, de son romantisme, de son sens du style. De mon côté, je fixais son pull troué et ses baskets usées. « *Not now, but soon* », qu'il rêvait. Par méchanceté, j'étais tentée d'évoquer les rats par centaines, les tentes sous les ponts et les crackers dans le métro, mais ce soir, je ne voulais pas être garce. Les illusions, c'est bon pour s'endormir.

Connor s'est poliment intéressé à moi. Je lui ai dit que j'habitais dans le triangle d'or, un appartement sans prétention avec cheminée et balcon.

— *What ? How did you get so much money ? You must have a very important job !*

C'est là que le bât blesse. Comme avec Veronica, pour ne pas perdre la face, j'ai commencé à fabuler. Complètement. Un délire si crédible qu'il finissait par me convaincre. Cette fois-ci, j'étais productrice d'une émission de télévision à Paris. Je choisissais les programmes et côtoyais des gens importants qui portaient des costumes et trimballaient des attachés-cases. Je passais mon temps en l'air à bord d'un jet privé appartenant à la société de production. C'était un job harassant. Je lui ai ensuite débité toutes les anecdotes sur les stars internationales que j'avais entendues au studio. Je me les appropriais, soulignant la proximité que j'entretenais avec « la haute ». Les mots sortaient tout seuls, sans aucun effort. Avec une facilité déconcertante.

— *You have a beautiful voice. And such a nice laugh*, qu'il s'extasiait.

J'offrais à Connor ce qu'il désirait. Il buvait la moindre de mes paroles, même les postillons. Son buste était penché vers l'avant comme pour raccourcir le chemin entre mes phrases et ses oreilles. Il s'était agrippé à la table avec ses deux mains et ponctuait, ébahi, mon récit de grands « *No ! Seriously ?* ». À court d'idées, je suis partie aux toilettes, le temps d'inventer la suite.

À mon retour, la salle s'était emplie d'une foule dense. Des hommes surtout. Déjà ivres, ils devaient faire la tournée des bars. Il fallait presque les enjamber pour retrouver notre table. Connor m'a tirée de cette marée humaine. Au comptoir, on a recommandé des verres. J'aimais le contraste entre la mousse blanche et le noir ambré de la boisson. Le barman a lancé *Angie* et tous les buveurs se sont mis à chanter. Ils se tenaient bras dessus, bras dessous. J'ai été prise dans la danse. On était si serrés que mes pieds ne touchaient plus le sol. De la bière s'est renversée sur mon manteau, mais cela n'avait aucune importance. Je m'amusais, secouée de toutes parts. La boule dans ma gorge rebondissait, de haut en bas et de droite à gauche, c'était gai comme dans un flipper. J'aurais aimé que ça dure toujours. Je hurlais les paroles de la chanson à l'unisson avec les autres.

Connor m'a fait redescendre brutalement. Quand la musique s'est arrêtée, il a soulevé son T-shirt pour me montrer ses abdos. « *In your hotel ?* » m'a-t-il lancé d'une voix qu'il pensait suave. J'ai jeté un regard sur son torse pour tenter d'y déceler les mêmes taches que sur celui de Lulu. Zéro. Lisse comme la peau d'un bébé. J'ai prétexté une pause cigarette et je me suis carapatée.

La bruine avait repris, plus légère. J'ai pivoté pour rejoindre l'arrêt du Noctilien local. Il était situé en face d'une enseigne qui promettait une « Joycean adventure ». En attendant le bus, je me demandais si l'expérience consistait en la perforation d'un ulcère au duodénum. Assis à côté, un petit groupe de filles parlait fort en se tripotant mutuellement les cheveux. Habillées de jupes très courtes pour la saison, elles arboraient un teint faussement hâlé dû au maquillage.

Je grelottais en écoutant leur conversation. Il y était question d'un Ian avec lequel l'une d'elles hésitait à coucher. Elles sont montées au premier étage du bus, je les ai suivies. Fermeture Éclair. Mascara. Fard à paupières. Peigne. Parfum. Des rires comme à la maternelle. Une odeur de fraise Tagada dans tout le véhicule. Je les enviais car elles flottaient dans la certitude qu'au bout de cette ligne de bus, quelque chose de fantastique les attendait, mieux qu'un Connor, Ian ou tout autre prénom irlandais réunis. La nuit, qui pour elles se faisait jour, leur ouvrirait, le soir même peut-être, les portes d'un avenir forcément radieux. Une confiance absolue se lisait dans leurs yeux. Que voyaient-elles dans les miens ? Rien, elles ne me regardaient pas. La faune nocturne dont je faisais partie n'était qu'un personnage secondaire d'un monde qui tournait autour d'elles, était fait pour elles et n'attendait que leur épanouissement. Leur naïveté était une ivresse précieuse, qu'elles profitent, la gueule de bois les rattraperait bien assez tôt.

J'ai pénétré dans le hall de l'hôtel. Frottement de chaussures sur le paillasson. L'agent de l'accueil a bien regardé derrière moi pour s'assurer que j'étais seule. Après être montée à l'étage, j'ai cogné la porte contre le lit. Il a toussé sur un air de reproche. D'en bas, il entendait tout. J'ai essayé d'allumer, en vain. Alors je me suis allongée tout habillée, emmitouflée dans le manteau et sans enlever les gants, tant il faisait froid. À l'étage du dessus, un couple faisait l'amour. La boule est sortie de mon corps, a pris tout l'espace de la chambre puis s'est finalement couchée à côté de moi.

*

Le lendemain, je me suis réveillée tôt. J'ai cru entendre une femme ricaner, mais c'était seulement le vent qui balayait les vieilles ruelles. La bande-son d'un film d'épouvante. Ce n'était peut-être pas le jour idéal, tant pis, je n'avais pas le choix : il ne restait plus qu'un endroit sur ma liste.

Après un petit déjeuner à base de café très noir, j'ai récupéré mon sac à dos et dit adieu à l'homme de la réception. J'ai enfilé mon bonnet et suis partie le long des quais. Mes cheveux fouettaient violemment mon visage. La peau de mes mains était sèche comme un parchemin.

Les docks offraient un aspect différent du centre historique. Un vieux bateau de corsaire semblait échoué au milieu de constructions ultramodernes. Tours vitrées aux reflets argentés. De la ferraille et du béton élancés haut dans le ciel chargé. L'eau de la Liffey était marron, d'une teinte légèrement pourpre. Veine sanguine cisaillant la ville. J'essayais d'apercevoir ce qu'il y avait sous la surface, mais l'eau était trouble. Elle recouvrait sûrement des sacs en plastique, peut-être des carcasses de voitures volées. J'avançais moins vite que le courant, le vent était contre moi. Des dizaines de mouettes dansaient en parade. Elles dessinaient des cercles concentriques de moins en moins larges puis, soudain, plongeaient en piqué. D'autres, plus paresseuses, se contentaient d'éventrer les poubelles.

J'ai fini par atteindre le pont Samuel-Beckett. Il s'agissait d'une structure étrange qui ressemblait d'ailleurs à une grande mouette désarticulée. Je n'étais pas certaine que Beckett aurait apprécié. J'ai avancé et me suis arrêtée au milieu, à l'endroit où l'arc se cambrait le plus. Le vent s'est arrêté un instant, comme si l'univers, pour une fois, me manifestait une marque de respect. J'ai frotté entre mes mains le billet de Lulu que j'avais gardé en guise de porte-bonheur. Caresser une dernière fois l'ersatz de ce corps que j'avais tant de fois touché.

L'endroit était désert. J'ai crié « Lulu, Lulu, Luluuuuuuuu » en espérant que ma voix pénètre dans tous les pubs et appartements de cette maudite ville. Le son s'est envolé puis est retombé, ne laissant que le silence. J'ai traversé le pont dans un sens puis dans l'autre. À un moment, j'ai cru sentir une main sur mon épaule. Je me suis retournée : il n'y avait que moi. Je me suis assise et j'ai attendu un Lulu devenu Godot. Des heures, il me semble. Une femme qui promenait un enfant dans une poussette s'est approchée. Elle s'est courbée et a glissé quelque chose dans ma main : une pièce de deux euros. J'ai décidé que c'en était trop. Lulu, l'amour de ma vie, ne reviendrait pas me chercher. La pièce m'a servi à graver un mot sur le pont : « Mon cœur, rentre à Paris. Je t'aimerai toujours même si tu n'as plus d'argent qui te pousse sur le dos. » J'ai sorti le billet de ma poche et l'ai jeté dans l'eau. Je l'ai vu tourbillonner un instant, papillon de papier, et se poser délicatement sur la masse sombre. Il a flotté à la dérive en suivant le cours du fleuve, puis a disparu.

Pendant les quelques heures qu'il me restait, je suis partie en quête de souvenirs. Du kitsch à gogo vert et orange, boules à neige et briquets qui ne serviraient qu'une fois. J'avais besoin de charger mes bras. Je suis tombée sur une petite boutique remplie de bibelots du sol au plafond. Certains s'éclairaient spontanément quand on passait à côté. Des peluches à l'effigie de saint Patrick chantaient dès qu'elles détectaient un passage. Mieux valait n'être ni épileptique ni cardiaque. Derrière le comptoir, une Christelle version l'autre rive de la Manche. Même air de « faut pas essayer de me la faire à l'envers », même chewing-gum mâché avec détermination. Un cendrier en forme de trèfle à quatre feuilles ainsi qu'une chope de bière avec l'inscription « *Dublin is always a good idea* » m'ont fait de l'œil. La Christelle irlandaise me regardait comme si de rien n'était à travers un étrange rétroviseur planqué au-dessus de la caisse pour vérifier que je ne volais rien. En m'approchant, je lui ai fait un grand sourire qu'elle ne m'a pas rendu. J'ai tapé mon code de carte bleue : paiement refusé. Mes bras resteraient pleins de vide.

13

Tous les médecins que j'ai appelés pour mon histoire de certificat de pneumonie m'ont raccroché au nez, quand ils ne m'ont pas insultée sauvagement. Je suis retournée au travail la queue entre les jambes. Certes, je ne m'attendais pas à une banderole de bienvenue, mais j'ai quand même été prise au dépourvu quand Marc s'est mis à hurler dès qu'il a aperçu mon pied dans l'entrebâillement de la fameuse porte, décidément bien lourde à ouvrir. Pile à cet instant, Sandrine à qui rien n'échappait lui a apporté un roulé à la cannelle ainsi qu'un chai latte, et il s'est détendu.

Thierry m'a encore pris la tête avec ses histoires de pains pita et de sauce blanche. Il y croyait dur comme fer, c'était la solution qu'il me fallait. Est-ce que Lulu s'était remis à la besogne ?

— Je me suis fait larguer, Thierry, faut laisser tomber.

— Ah ça, c'est les mecs. Ils te prennent, se servent de toi et te jettent comme une chaussette dès qu'ils ont un peu de thunes. Tu sais, moi, je suis pas comme ça...

J'ai reculé lorsqu'il a voulu me caresser l'épaule. L'instant d'après, j'ai compris que, dans ma situation, je n'avais pas d'autre choix que de la jouer plus fine.

— Heureusement que tu es là. J'ai un peu de mal à joindre les deux bouts, tu penses que tu pourrais me prêter de l'argent pour le loyer ? J'ai déjà du retard et j'ai peur de finir à la rue.

Tout en parlant, j'entortillais une mèche au bout de mon index et tentais de lui lancer des regards sexy-pénétrants-doux-désespérés. Thierry s'est raidi d'un coup.

— Tu paies plus le loyer ? Tu te rends compte que ça me met dans une merde pas possible par rapport à mon pote ? Je t'ai recommandée comme une personne sérieuse. Franchement, Anna, tu déconnes. En plus, je vais bientôt partir à la retraite. Une vie paisible, c'est vraiment trop demander ? Je te balancerai pas, mais je te couvrirai pas non plus. À partir de maintenant, on se connaît plus. Thierry ? Jamais entendu parler, une vague connaissance du travail qui s'est évaporée. Compris ? Et pour la thune, j'ai zéro.

Ainsi s'achevait notre amitié spéculative de quelques semaines. Je ne pouvais compter que sur moi-même.

Le public est entré. On a fait quelques essais, pour voir si je n'avais pas perdu la main. Marc n'était pas content, il disait « Fais attention, bon sang, c'est pas possible, t'as une déformation du poignet ou quoi ? Faut aller voir l'ORL, c'est un problème d'équilibre ». J'étais tentée de lui arracher la carotide, mais j'avais peut-être déjà, sans le savoir, un meurtre à mon actif, inutile d'aggraver mon cas. Mouvement vif du bas vers le haut. Ça riait. Les femmes et les hommes sont devenus créatures. Ils n'étaient que langues, glottes, cordes vocales. Je ne voyais plus le reste de leur face. Avalée par ces bouches toujours plus voraces. Au son des quatre notes du jingle, l'émission a commencé. L'éclairage avait été modifié à la demande de Bertrand qui se plaignait que l'ancien accentuait ses rides. J'ai fait du zèle pour attirer le regard de Marc. À la pause, j'ai pris mon courage à deux mains.

— J'aurais besoin d'une augmentation.

— Tu planes, ma grande ! T'es déjà sur la sellette avec ton histoire de fausse pneumonie et t'as le culot de me demander plus d'argent ?

— C'est pour le loyer, les courses... Je suis dans une situation délicate, je ne m'en sors pas.

Il m'a proposé des heures supplémentaires, même si je ne les mérite pas, mais bon, on ne va pas laisser une collègue crever. Je les ai enchaînées, me pointant même quand il n'y avait rien à faire. Pourtant cela ne suffisait toujours pas.

Le soir, devant la porte d'entrée de mon appartement, je trouvais des enveloppes. Toutes les mêmes. Blanches, rectangulaires. Mon adresse et mon nom imprimés, visibles à travers la petite fenêtre en plastique. Impersonnelles. L'en-tête avec le logo qui fait peur : République française, ou encore EDF/GDF. La sueur froide. Les doigts qui tressaillent. Combien cette fois ? Le tourniquet du métro qui ne tourne plus. Abonnement expiré. Appel. Numéro vert. Possibilité de différer le paiement ? Non, mademoiselle, si on fait une exception pour vous, il va falloir la faire pour tout le monde. Et le Vélib', vous y avez songé ? Oui, mais je fais plus d'une heure en transports en commun, alors à vélo, vous imaginez bien. Je comprends, cependant c'est plus écologique et économique.

Le compte dans le rouge, même plus rouge, plutôt écarlate. Le négatif écrit en gras. Les jours qui s'étirent ; la fin du mois qui semble toujours plus loin. Au bout d'un long tunnel. On est seulement le 12 ? Un avertissement. Puis un second. Ça creuse, ça creuse. Le salaire qui bouche à peine le trou. Une autre faille qui se crée, et toujours l'impression de tomber dedans. Les enveloppes me poursuivaient jusque dans la moiteur du sommeil. J'ouvrais la porte et des centaines de factures se déversaient en cascade pour atterrir au milieu du salon. Le niveau montait dangereusement, jusqu'à l'étouffement. On a les cauchemars de sa classe.

*

Au sommet du désespoir, j'ai téléphoné à Marjorie. Elle était étonnée. Un problème particulier ? Non. Je voudrais seulement gagner davantage. J'ai demandé s'il était possible d'avoir un entretien pour un autre job, en plus de celui qu'elle m'avait déjà déniché. Marjorie a ricané : avec un Smic, on arrive tout à fait à survivre, vous avez déjà de la chance. Pôle emploi ne peut plus s'occuper de vous à ce stade. Et puis, cumuler deux CDI, c'est impossible, il faut dormir tout de même, vous ménager un peu. « Le sommeil est le seul don gratuit qu'accordent les dieux. » Elle m'avait eue : Plutarque. Rien à répondre. Elle a insisté : « Anna, vous avez l'air très stressée, vous êtes sûre que tout va bien ? » Feindre la bonne humeur et raccrocher.

Le matin suivant, j'ai reçu la visite de deux types pas très sympathiques. Ils ont tambouriné si fort que j'ai bien cru à une descente du RAID. C'était pire.

— Toi pas payer loyer. Toi payer maintenant. Sinon scouik.

Avec le recul, mon accent russe est sûrement caricatural, mais sur le coup je n'en menais pas large. Sauf quand le mot « scouik », même face aux biscotos et aux cicatrices sur le visage de ces hommes, m'a fait esquisser un sourire. Ils ont exhibé un couteau dont la taille me paraissait suffisante pour transpercer un être humain et le faire tourner comme sur une broche de kebab. Douce pensée pour Thierry. Mon sourire s'est évanoui. L'un des deux m'a mis une petite claque derrière la tête histoire que l'idée s'incruste bien dans mon crâne. Un peu étourdie, je les ai regardés descendre la rue. Ils se disputaient, faisaient des grands gestes et, cette fois, c'est le second qui a mis une petite claque sur la nuque de l'autre. Ça devait être un truc traditionnel. Ils sont montés sur des Vélib'. En tournant sur le boulevard, ils ont levé le bras gauche en signe de clignotant pour ne pas se faire percuter par une voiture. J'avais compris l'essentiel : il fallait que je me tire au plus vite.

J'ai appelé Sophie en mode « hey, comment vas-tu, ça fait longtemps, bien sûr que ta vie m'intéresse ». J'espérais qu'elle ne me parlerait pas de *Befindlichkeit* ou d'un autre concept barbant. Mais Sophie n'était pas d'humeur à philosopher. Elle avait réussi le CAPES, pourtant tout ne se déroulait pas comme elle l'avait espéré. Elle qui se voyait déjà dans *Le Cercle des poètes disparus* ou je ne sais quelle autre niaiserie cinématographique, à faire monter les élèves sur leurs bureaux pour déclamer des discours de Cicéron, s'était retrouvée face à une bande d'ados qui, évidemment, se foutaient de la différence entre nature et culture. Les feuilles bristol avaient laissé place aux copies à la chaîne. Du rouge encore, du rouge partout. Ils ne comprenaient rien, se plaignait-elle.

— En plus, ma proprio me casse les pieds, il faut que je trouve un nouvel appart.

Ça tombait à pic. Même pas besoin d'insister.

— Moi aussi, Sophie, on pourrait faire une coloc, tu crois pas ?

— Et le super appart de l'oncle de Lulu ?

— On s'est séparés, enfin... il m'a quittée...

— Oh mon Dieu ! Mais quelle égoïste, j'ai fait que parler de mes problèmes, alors que tu vis une période si difficile. Je sais à quel point c'est dur...

Non, elle ne savait pas. La seule relation amoureuse qu'avait eue Sophie avait été unilatérale et avait eu pour objet un spécialiste de philosophie analytique. Un vieil homme au complet bleu délavé et au strabisme très prononcé. À la fin de ses séminaires sur Wittgenstein auxquels elle assistait religieusement, elle lui posait toujours une tonne de questions. Il rétorquait en zozotant qu'elle n'avait rien compris au *Tractatus logico-philosophicus*. Elle devait être un peu maso, Sophie, parce qu'elle retournait au front chaque semaine, alors que la plupart des étudiants avaient déserté le cours depuis le premier jour. Elle avait attendu la fin du semestre pour lui faire une déclaration et il lui avait répondu un truc sans queue ni tête : « Ce dont on ne peut parler, il faut le taire », issu du même texte austère de Wittgenstein. Au lieu de se sentir rembarrée, la pauvre avait cru à une révélation mystique et lui avait glissé des mots dans son casier pendant des mois encore, jusqu'à ce qu'il dépose une main courante au commissariat. Fin de l'idylle. J'avais besoin qu'elle emménage avec moi, alors j'ai dit :

— Y a que les copines qui comptent. En plus, on organisera des soirées pyjama de folie !

Je me suis mordu la langue en prononçant cette phrase.

— Grave ! Je commence à chercher dès maintenant.

*

Bien entendu, l'appartement se situait dans un arrondissement à deux chiffres. Vu son éloignement du centre, il en aurait même mérité un troisième. Le seul point positif était qu'ainsi je me rapprochais du studio. Sophie m'avait présenté des locations en banlieue. Elle utilisait des expressions comme « c'est charmant », « un petit village », « on ne se croirait pas si proche de Paris ». J'ai refusé catégoriquement. Quelle serait la prochaine étape, à ce train-là ? La province ? Hors de question. Par chance, Sophie était d'une nature plutôt malléable, et puis nous allions habiter ensemble, chacune devait faire des concessions. D'accord, elle a dit, on reste intra-muros.

Un deux-pièces. Sans balcon ni cheminée. En lieu et place de moulures, les murs portaient les traces des punaises qui avaient servi à accrocher les posters de mauvais goût des locataires précédents. Mais Sophie était enchantée. Elle a attendu la fin de la visite pour me montrer l'atout charme : un porte-serviette chauffant dans la salle de bains. Trop stylé, non ? C'était une occasion en or, le propriétaire était heureux de louer à deux jeunes femmes actives et sérieuses. J'ai signé sans regarder le bail, j'étais trop déprimée.

Nous avons vidé mon ancien appartement très rapidement. Débranché tout l'électroménager et transvasé les meubles et divers objets. Comme ils ne rentreraient pas tous dans notre nouveau logement, j'ai dû faire un tri. On en a abandonné une bonne partie sur le trottoir. Le soleil de juillet éclairait les cheveux de Sophie, lui donnant un air angélique pendant qu'elle sautait sur des cartons pour les aplatir. J'imaginais les agents de surveillance de la RATP intrigués puis morts de rire en regardant nos multiples allers-retours en métro. D'abord avec une lampe sur pied, trente minutes plus tard avec une chaîne hi-fi. Le salon a été transformé en chambre pour que nous ayons chacune nos espaces respectifs. Il ne nous restait plus qu'à rapatrier le frigo. Sandrine nous a donné un coup de main. Elle avait de vives douleurs en bas du dos et ne pouvait pas porter de charge trop lourde. Alors elle passait un coup de balai par-ci, pliait des vêtements par-là. Quand elle s'est baissée pour ramasser la poussière, j'ai remarqué qu'elle avait des bleus au-dessus du coccyx. Je me suis dit qu'en dehors du studio, sans la pression collective, c'était peut-être le bon moment pour enclencher une discussion.

— Oh, mais tu t'es pris un sacré coup, ma pauvre.

Le regard plein d'épouvante, elle a baissé son T-shirt et remonté son pantalon pour cacher la zone.

— C'est pas un coup, c'est juste que je suis...

— Tombée dans l'escalier ?

Elle a regardé le sol, mais le petit tas de poussière ne pouvait pas lui venir en aide.

— C'est ça oui, l'escalier, je dois trop les cirer ou quelque chose comme ça.

Sophie, toujours à l'ouest, a suggéré :

— J'ai des super chaussettes antidérapantes, si ça t'intéresse, je peux te les donner !

— Et ton mec, ça va, il gagne un peu aux paris sportifs ? j'ai insisté.

Une couche d'eau transparente a voilé les yeux de Sandrine.

— Non, pas vraiment... C'est pour ça, c'est un peu compliqué ces jours-ci. Mais ça va, hein, c'est une passade.

— On est là, si jamais tu veux...

— C'est quoi, cette odeur pourrie ? m'a interrompue Sophie.

Elle s'est accroupie devant le frigo. Avant que je puisse l'avertir, elle a poussé un cri épouvanté. En ouvrant le bac, elle a trouvé Estragon qui avait décongelé. Elle le tenait à présent du bout des doigts avec ses yeux comme des billes et l'agitait sous mon nez pour exiger une explication. J'ai entouré la cage de Vladimir de mes bras afin de ne pas raviver son choc post-traumatique. On a décidé de jeter l'oiseau mort dans la poubelle collective.

L'installation terminée, Sophie a voulu organiser une crémaillère. Je lui ai dit que je ne souhaitais pas que mes connaissances voient la spirale de défaite dans laquelle je m'étais engouffrée. Quelle spirale ? Quelle défaite ? a demandé Sophie. Notre vie est méga cool ! Au minimum, elle souhaitait inviter Mehdi, c'était quand même notre pote de toujours. Il ne viendrait jamais.

— C'est pas parce que t'es une connasse matérialiste qu'il ne peut pas te pardonner.

Merci, un bel optimisme. Butant sur ma résistance, elle a fait une nouvelle concession : pas de crémaillère. En revanche, tous les soirs j'avais droit à la fameuse soirée pyjama. Sophie portait une combinaison enfantine, grenouillère géante aux oreilles de lapin en fausse fourrure. Nous nous faisions des masques de beauté en regardant des émissions de téléréalité où une bande de débiles se disputait à la moindre occasion. J'enviais ces débiles. J'aurais donné n'importe quoi pour me retrouver dans une villa et être payée à ne rien faire de productif. Je rêvais de m'engueuler à propos d'une tranche de pain de mie et pour savoir qui couche avec qui. Sophie, quant à elle, critiquait leur manque de discernement et leurs disputes incessantes. Cependant, elle suivait leurs aventures avec passion et connaissait le prénom de tous les candidats.

Un soir, alors qu'on était affalées sur son lit, la sonnerie de la porte d'entrée a retenti. J'avais pourtant supplié Sophie de ne communiquer notre adresse à personne. Le souvenir des deux pseudo-Russes tapissait encore mes rétines. Elle a secoué la tête, l'air de dire que ce n'était pas elle. Vladimir gloussait avec une inquiétude teintée de jouissance. Dans la cuisine, j'ai saisi le plus gros couteau que nous avions. La sonnerie ne s'arrêtait pas. J'ai ouvert la porte d'un coup sec et Sandrine est apparue dans l'embrasure. Le visage tuméfié, la lèvre saignante, l'arcade sourcilière entaillée. Elle s'est jetée dans mes bras.

— Cette fois, je pars, c'est décidé, j'ai cru qu'il allait me tuer pour de bon. Je peux rester chez vous ?

Et c'est ainsi que Sandrine-je-me-suis-pris-la-porte, Sandrine-je-suis-tombée-dans-l'escalier, Sandrine-je-me-suis-cognée-contre-le-placard, Sandrine-ce-n'est-rien-c'est-juste-un-bleu, Sandrine l'étourdie a quitté son appartement et son mec. On a pansé ses plaies pendant quelques jours.

Elle a peu à peu retrouvé son air jovial. Le loyer était à présent divisé par trois, ça aidait pour le recouvrement des dettes que j'avais contractées auprès de différents organismes et boutiques. Faute de place, Sandrine dormait dans mon lit, et je dois avouer que sa présence permettait de combler l'absence de Lulu. De temps à autre, j'y pensais encore, et immédiatement mes genoux semblaient se calcifier, c'était une douleur insupportable.

Lorsque nous discutions tard le soir, j'avais enfin l'impression d'avoir de vraies amies. La preuve, j'ai revendu un de mes derniers sacs Fendi afin d'offrir à Sophie une édition luxueuse des *Pensées* de Pascal pour son anniversaire, avec couverture rigide, tranche dorée à l'or fin et papier brillant. L'émotion était sincère, elle avait les doigts qui tremblaient en tournant les pages. J'ai ressenti un pincement dans la poitrine. J'ai tâté mon pouls. Surprise ! J'avais un cœur. J'étais presque heureuse. Presque.

14

Les soirées pyjama m'avaient vite lassée. Une fois qu'on a goûté au caviar, le thon devient immangeable. Les rechutes étaient fréquentes, chaque fois plus violentes. Une pression sur le sternum et la boule dans la gorge devenue plomb. Ça ne pouvait plus durer.

Depuis trois semaines, j'écumais les boîtes de nuit chics. La traque. J'attendais. Je guettais jusque tard dans la nuit et rentrais au petit jour. Les filles me disaient « Tiens, déjà debout ? », je répondais par un grognement. Juste le temps d'essuyer les traces de mascara qui avaient coulé sur mes joues et de troquer la robe à paillettes pour une tenue plus sobre. Je dormais dans le RER. Au travail aussi, de plus en plus souvent.

Dans la savane, ce sont les lionnes qui chassent. Narines dilatées. Museau tendu vers l'avant. J'aimais le parfum de ces salles sombres aux relents de sueur et de vodka-pomme étalée sur le sol. Qu'on l'appelle flouze, biff, lové, maille, kishta, oseille, blé, ou pèze, l'argent a partout la même odeur. Elle est délicate. Fibre de coton recouverte d'une couche de vernis protecteur. Parfois, un parfum âpre de crasse légère. On ne peut pas se tromper.

Les corps se frôlent dans cet espace volontairement surchargé. On vient y quémander un contact humain, charnel. Du peau à peau, comme les nourrissons. Baffles réglés à leur maximum. Seuil de tolérance limite pour l'oreille humaine. On ne s'entend pas, et qu'importe : personne n'est ici pour discuter.

Souvent, je n'y croisais que des losers du samedi soir qui, en fourrant des billets dans le bikini d'une danseuse, pensaient prendre une revanche sur la vie. Ça ne m'intéressait pas. Je cherchais le gros lot.

Ce mercredi-là, je l'ai tout de suite vu. Même de loin. Au milieu de cette galaxie absurde, je l'ai tout de suite vu. Il est devenu le centre. Beau comme un soleil. Une figure blanche qu'encadraient des cheveux noir de jais. De hautes pommettes sur lesquelles reposaient des yeux dont je ne parvenais pas à distinguer la couleur à cause de la distance. Mais je l'ai reconnu à la manière dont son buste le démangeait. Il grattait sa chemise blanche avec une vigueur toute particulière. Aucun doute possible.

La lionne en moi s'est réveillée. Flairer la proie. L'observer. Se tapir puis bondir au moment opportun. Soulever mes cheveux. Chalouper. Balancer le bassin de droite à gauche et de gauche à droite. Au rythme de la musique. Pas à pas sur l'électro. Prudemment. Ne pas le lâcher des yeux. Ce soir, tu es pour moi. Bouche entrouverte. Paupières battantes. Sensuelle. Arriver à sa hauteur et l'enserrer. Ne plus lui laisser le choix. Main agrippe hanche. Paume caresse joue. Il a voulu m'indiquer son prénom. J'ai glissé mon doigt sur ses lèvres humides.

— Quelle importance ? Ne gâche pas la grâce de l'instant.

Voix à la Fanny Ardant. Ça a tendu la toile de son jean. Une bosse. Vite, un verre offert. Quelques danses pour faire semblant. J'ai essayé de remonter sa chemise.

— T'as pas froid aux yeux. Ça me plaît.

Mais il l'a rebaissée immédiatement en tirant sur l'ourlet. Par transparence j'ai distingué des taches violacées : des billets de cinq cents. Jackpot. Sourire jusqu'aux oreilles. Babines retroussées. Bave aux coins. Lionne devenue hyène.

Un taxi est arrivé en trombe. Son corps près du mien sur la banquette de moleskine. J'ai chargé de nouveau. Caresse délicate. Langues. Dans le rétroviseur intérieur, j'interceptais les œillades du chauffeur qui ne pouvait pas s'empêcher de nous regarder. Sans la moindre gêne, j'ai défait le premier bouton de la chemise de ma proie, puis un deuxième.

— Tu me chatouilles, pas ici, attendons d'être à l'appartement.

Mais moi, j'avais besoin de sentir l'odeur, alors j'ai continué mon manège en collant mon nez à son cou et en poursuivant l'ouverture de la chemise. Le chauffeur a éteint le plafonnier. Je distinguais déjà les taches, touchais leur relief.

— Tu me griffes, là, j'ai mal ! Arrête, s'il te plaît.

J'étais comme sourde. Mes doigts tricotaient toujours plus vite et plus en profondeur. Je voulais déchirer cette couche de peau superficielle. Accéder à la moelle, le cash. J'y ai mis les dents. J'ai mordu trop fort. Mes canines ont percé son épiderme, du liquide chaud a coulé dans ma bouche. J'ai senti son cartilage craqueler comme le dessus d'une crème brûlée. Par réflexe, il m'a décroché une gifle. Le chauffeur a ralenti.

— Aïe ! T'es une cinglée en fait, c'est ça ? Si t'es dans un trip sado, c'est pas mon truc. Non, mais j'y crois pas. Sors de la bagnole tout de suite.

— Excuse-moi, mais les taches sur ton torse, ça m'a...

— Dégoûtée ? Oui, je fais de l'eczéma, et alors ? C'est un problème de peau beaucoup plus courant qu'on ne le pense. Il n'y a rien de honteux, je suis un peu stressé, c'est tout. Et puis pourquoi je m'embête ? J'ai pas à me justifier, casse-toi, espèce de psychopathe !

Il m'a poussée vers l'extérieur. J'étais hébétée, je ne réagissais pas. J'ai glissé de la banquette et me suis retrouvée par terre. Le goudron froid sous mes cuisses. L'inconnu a claqué la porte et le taxi est reparti dans sa course à travers Paris.

15

J'avais besoin de chaleur. Tout mon corps frissonnait. J'ai retrouvé un sweat de Lulu qui, par miracle, avait survécu au déménagement. Je me suis pelotonnée à l'intérieur et j'ai dormi jusqu'à ce que mes rêves paraissent aussi concrets que la réalité. Je transpirais, la fièvre montait. Je ne me réveillais que lorsque Sophie ou Sandrine, inquiètes, venaient vérifier que j'étais toujours vivante. Au bout de ce long coma, j'ai voulu prendre une douche.

Le miroir de la salle de bains renvoyait l'image d'un visage étrange. Je l'ai étiré dans tous les sens comme s'il appartenait à quelqu'un d'autre mais non, il n'y avait toujours que moi en dessous. Comment pouvait-on changer si rapidement ? Les racines brunes de mes cheveux commençaient à repousser sous le blond platine. Le naturel chassait l'artifice, et quelle horreur ! Sans brushing et soin esthétique, je ressemblais à celle que j'avais été à quatorze ans, c'est-à-dire personne. Deux yeux globuleux sur une face triste.

J'ai enlevé le bas de jogging puis le pull. C'est là qu'elles sont apparues. Des esquisses aux sillons prononcés.

Rectilignes, rassurants. Une œuvre d'art. Du Mondrian, peut-être. Je me suis approchée de la glace pour m'en assurer. Les billets étaient juste là, sous ma peau. Je pouvais les voir, les sentir. Mon corps exhalait enfin l'odeur âpre tant convoitée. Le sweat m'avait contaminée. Un grand sourire a rehaussé mes pommettes. J'ai gratté gratté gratté. Mes ongles sont devenus rouges. Ça coulait sur le tapis Ikea. Pourtant je n'attrapais rien. Il fallait creuser dans la chair, mes mains n'étaient pas assez puissantes. J'ai couru dans la cuisine. Couteau de boucher. Pelle à tarte. Une large gamme de choix. J'ai aperçu l'économe qui s'égouttait tranquillement sur le rebord de l'évier. Je l'ai saisi comme une planche de salut et, de retour dans la salle de bains, j'ai raclé, épluché, pelé. Des lambeaux de peau se détachaient en écorces épaisses et sanglantes avant de tomber lourdement sur le sol. J'ai enfoncé une serviette éponge dans ma bouche pour étouffer mes hurlements. Je me fouillais de l'intérieur. Vaisseaux rouges. Graisse blanche. Dedans, même conclusion qu'en surface : j'étais laide. Et là, il n'y avait pas mon père pour me réconforter avec ses crêpes. Des tremblements, les tendons qui convulsent, pas habitués à être ainsi exposés. Avec ma main libre, je m'accrochais au lavabo pour éviter de chuter. Mes jambes ont faibli, je quittais mon corps. C'est alors que Sophie a glissé sa tête dans l'embrasure de la porte. Elle a poussé un cri juste avant que je m'évanouisse.

16

Bientôt la fin de l'enregistrement, ça vibre dans ma poche. Mon sang ne fait qu'un tour. Palpitant en délire. Ça recommence. La vibration est de plus en plus intense. Lulu, j'ai pensé tout de suite. Il revient ! Les bip-bip sont continus. Je confonds les gestes, réclame le rire alors que ce n'est pas du tout le moment. Je me retiens de saisir le téléphone, si je le fais, Marc va s'énerver, on sera repartis pour un tour. Le téléphone se calme, terminée, la crise d'épilepsie technologique. Puis une nouvelle vibration, différente celle-ci : un SMS. Je m'y risque ? Arrive justement une minute de flottement où Bertrand parle parle parle, et il n'aime pas être interrompu dans ses monologues, ce sont les cinq minutes les plus importantes de l'émission. Il va annoncer le candidat victorieux. Heureux gagnant de dix mille euros, récompensé pour sa drôlerie. Le chanceux fera une dernière blague et tous se remettront à rire. Un grand silence règne dans le studio, toutes les caméras sont braquées sur le présentateur. J'y vais. Je glisse les doigts, tapote l'écran. C'est Sophie qui m'a écrit. Vladimir est tombé de son perchoir. Il est mort. Alors les bouches tournent autour de moi, une danse macabre. Un tourbillon de dents, de caries, de plombages. Je traverse le champ des caméras pour me réfugier auprès de Sandrine. Au milieu de cette foule en liesse, je pleure.

17

Une femme me sourit. Elle porte l'uniforme d'une aide-soignante ou d'une infirmière. Tout dans son attitude est accueillant. Elle ouvre les bras, sa blouse blanche est extrêmement propre, elle a l'air soyeuse et douce. Sa peau est lisse, elle paraît reposée. Aucune trace de cernes sous ses yeux. Rien ne semble indiquer qu'elle est payée au lance-pierres, que la moitié de son salaire passe dans l'essence et les frais de la nounou, qu'elle rentre le soir avec l'envie de se défenestrer et que son seul plaisir réside en une série Netflix qu'elle ingère compulsivement. Idem pour l'affiche d'à côté, un homme en tenue de chauffeur de bus sourit à s'en décrocher la mâchoire parce que oui, c'est formidable de passer dix heures par jour à conduire un véhicule hyper encombrant dans les bouchons parisiens entre les insultes et les chewing-gums collés sous le siège. Le reflet de la lumière sur le papier glacé rend son regard aveugle.

J'ai pris un ticket. Numéro 92. J'attends mon tour. Les joints du carrelage ont noirci depuis la dernière fois. Il y a des petits nouveaux. Des filles et des garçons gênés mais pleins d'entrain. Ils sentent encore la cire des bancs de l'université. J'aperçois, assis sur une chaise dans l'angle, Mehdi qui évite soigneusement de se tourner vers moi. Regard baissé sur ses baskets en toile. En entrant, je lui ai adressé un signe de la main. J'ai voulu le rejoindre pour discuter, mais il m'a fait un doigt d'honneur. Je me suis rassise. Je suis là pour refaire le pèlerinage. J'ai été licenciée. Le rocher est tombé de la montagne et je dois le pousser de nouveau. Il faut peut-être imaginer Sisyphe heureux, mais c'est difficile.

Plein de chiffres défilent sur l'écran lumineux. Jamais le mien. Faut dire qu'on est toute une ribambelle. La farandole des miséreux. Je reçois un message de mon père : « Joyeux anniversaire, Anna ! Je t'ai viré cent euros. Vingt-cinq ans, ça se fête ! » Ah, ça y est. On appelle le 92.

Remerciements

Ce livre est pour ma mère, Catherine, je ne t'oublie pas.

Merci à mon père, Joël, pour la personne admirable qu'il est, pour son soutien et ses délicieux biscuits.

Merci à Corentin, dit Coco, pour son amour et son sens de la blague inégalables.

Merci à ma famille, plus que géniale : Léa, Fredy, Étienne, Stéphane et Mehdi.

Merci à Camille Ancel, sans qui ce texte serait au fond de ma corbeille à papier.

Merci à Anna Khachaturova, merveilleuse éditrice, pour son travail, sa gentillesse et sa bienveillance.

Merci à Laure Salathé de m'avoir supportée (dans tous les sens du terme).

Merci à Anne-Ré, mon acolyte de toujours.

Merci à mes amis pour leurs encouragements.

Merci aux Italiens d'avoir inventé la pizza margherita.

Conception graphique : Philippe Apeloig.
Composition : Utibi.

Imprimé par Grafica Veneta à Trebaseleghe (Pd).
Dépôt légal : janvier 2024.
Imprimé en Italie.

ISBN : 978-2-207-17907-9.

613619